삶의 무기가
되는
글쓰기

삶의 무기가 되는 글쓰기

초판   1쇄 발행 2019년 7월 31일

지은이   임재성
펴낸이   한승수
펴낸곳   문예춘추사
편집   김미래
마케팅   박건원
디자인   디자인 홍시

등록번호   제300-1994-16
등록일자   1994년 1월 24일
주소   서울시 마포구 동교로27길 53 지남빌딩 309호
전화   02-338-0084
팩스   02-338-0087
이메일   moonchusa@naver.com

ISBN   978-89-7604-387-0 03800

공감과 소통을 이끄는
쉬운 글쓰기 비법

삶의 무기가 되는 글쓰기

임재성 지음

문예춘추사

글쓰기,
4차 산업혁명 시대
청춘의 무기

4차 산업혁명이라는 말이 낯설지가 않습니다. 최첨단 기술이 산업을 혁명적으로 발전시켰습니다. 4차 산업혁명으로 생성된 기술들이 이미 우리 삶 깊숙이 침투했습니다. 산업뿐만 아니라 문화와 생활에서도 4차 산업혁명으로 파생된 것들로 편리하게 살아가고 있습니다. 삶은 더 편리해졌는데 불안한 마음은 좀처럼 사라지지 않습니다. 특히 청춘들은 더욱 큰 불안 속에서 살아가고 있습니다. 더러는 미래에 대한 불안감으로 오늘의 삶에 집중하지 못하기까지 합니다. 오죽하면 N포 세대라고 하겠습니까. 모든 것을 포기할 만큼 답을 찾기 어렵다는 이야기입니다.

미래에 대한 불안은 안정적인 삶을 동경하게 만들었습니다. 그래서인지 대한민국 청춘의 거의 대부분이 안정된 직장을 얻으려 힘쓰고 있습니다. 당연한 결과입니다. 삶이 불안하니 안정적인 삶을 추구하게 되지요. 꿈을 찾아 도전하는 삶, 안정적인 궤도로 진입하는 삶. 어떤 선택이 인생의 답일지 모르겠습니다. 인생은 무수한 결로 이루어진 복잡하고 말랑말랑한 퍼즐 같기 때문입니다. 다만 선택의 결과를 겸허히 수용하고 더 나은 삶을 향해 나아가는 것이 답임은 분명합니다.

그런데 꿈을 찾아 도전하든, 안정적인 삶을 선택해 살아가든 의미 있는 삶을 향해 나아가려면 자신만의 특별한 무기가 있어야 합니다. 자신을 돋보이게 하는 무기가 있다면 어떤 선택을 해도 두렵지 않습니다. 한 치 앞을 예측하기 힘든 시대일수록 차별화된 무기를 확보한 사람이 앞서가게 돼 있습니다. 그 무기가 바로 '글쓰기'입니다. 4차 산업혁명 시대 이전에도 그랬고, 앞으로도 글쓰기 능력으로 무장한 사람은 어느 곳에 있든지 인재가 될 수 있습니다.

글쓰기가 삶의 무기가 된다는 데는 세계 최고 학부를 다니고 있는 사람들도 공감합니다. 2017년 페이스북에서 하버드와 매사추세츠 공과대학(MIT) 졸업생에게 물었습니다. "당신이 현재 하는 일 중에서 제일 중요한 것과 대학 시절 가장 도움이 된 수업이 무엇인가요?"라고 말입니다. 많은 학생들이 '글쓰기'라고 답했습니다. 사회생활을 하다 보니 최고의 무기는 글쓰기라는 것을 깨달은 것입니다. 서울대학교 공과대학에서 글쓰기 교육을 강화하겠다고 발표한 것도 마찬가지입니다. 자신들이 연구한 실적을 글쓰기로 표현하는 데 성공해야 인정받고 활용될 수 있음을 안 것입니다. 이것은 글쓰기가 선택사항이 아니라 필수라는 이야기입니다. 명문대학교 학생이든 아니든 상관이 없습니다. 꿈을 찾아 도전하든, 안정적인 삶을 선택하든 상관없이 글쓰기는 반드시 취해야 하는 무기입니다. 글쓰기라는 무기로 제대를 장착하기만 하면 설레는 삶을 살아갈 수 있습니다.

무기(武器)의 사전적 의미는 "싸울 때에 공격이나 방어의 수단으로 쓰이는 도구"라고 돼 있습니다. 그래서 이 책에는 공격과 방어를 동시에 무기로 만들 수 있는 방법을 이야기했습니다. 공격만으로는 진정한 승리를 이루어낼 수 없습니다. 방어가 선행돼야 공격도 가능해집니다. 공격과 방어가 균형을 잡고 있어야 인생의 승리를 쟁취할 수 있는 진정한 무기가 됩니다.

PART1에서는 방어 무기가 무엇인지에 대해 이야기했습니다. 방어는 자신을 지키는 겁니다. 겉으로 보이지 않는 내면을 지키는 것이 곧 방어입니다. 자신을 무너뜨리는 가장 무서운 적은 자신이 어떤 사람인지 모르는 것입니다. 자신이 어떤 사람인지 이해하지 않고는 한 발자국도 내딛기 힘듭니다. 자신을 이해하지 못하게 만드는 것 중 하나는 내면의 아픈 상처입니다. 내면의 아픈 상처는 자신을 무너뜨리는 치명적인 바이러스입니다. 쥐도 새도 모르게 무너지게 만드는 이 병균을 퇴치하는 방법도 실어 놓았으니 꼭 방어체계를 완성하시기 바랍니다.

PART2는 공격용 무기를 완성하는 데 할애하였습니다. 글쓰기 무기를 완성하기 위해 필요한 덕목들을 기초부터 심화까지 서술했으니 훈련하다 보면 훌륭한 공격용 무기를 완성할 수 있을 겁니다. PART3에서는 청춘들의 현주소를 파헤쳤습니다. 현실을 인식하고, 보다 의미 있는 글쓰기를 할 수 있는 이야기로 마무리했습니다.

글쓰기로 삶의 무기를 만드는 일은 참 어려운 일입니다. 어디까지 노력해야 원하는 결과를 얻을 수 있을지 눈에 보이지 않아 더 힘겹습니다. 그래서 중도에 포기한 사람이 많습니다. 삶의 무기를 만드는 진정한 힘은 지속하는 데 있는데 말입니다. 저는 글쓰기를 정식으로 배우지 않았지만 작가가 되었습니다. 전자계산학을 전공했는데 글쓰기 강의를 하고 다닙니다. 이는 제가 글쓰기 능력이 탁월해서가 아니라 수년 동안 책상에 앉아 읽고 쓰기를 반복한 것에 있습니다. 포기하지 않은 자세가 글쓰기를 무기로 만든 것입니다.

이 책에는 저의 경험과 글 잘 쓰는 사람들의 비법이 망라돼 있습니다. 하나하나 따라 하다 보면 의미 있는 결과를 만들어 낼 수 있을 겁니다. 부족한 책이지만 이 시대의 청춘들이 삶의 무기가 되는 글쓰기를 완성하는 데 작은 밑거름이 되길 기대합니다.

초록이 물들어 가는 설레는 봄날,

서재에서 임재성이 씀

차례 —

글은 삶을 이해하는 시작점

1

내 삶의 이야기를 쓴다는 것

'내 인생이 왜 이럴까' 고민될 때

✒ '나는 앞으로 어떻게 인생을 살아야 하지?', '내가 살아가고 싶은 삶은 무엇이지?', '나는 왜 인간관계를 맺기 힘들지?', '나는 왜 매사에 자신감이 없지?', '내 인생은 왜 이러지?'

살다 보면 풀리지 않는 여러 가지 삶의 문제에 힘겨워질 때가 많습니다. 의문이 생겨도 어떻게 해결해야 할지 답을 찾기 어렵습니다. 자신도 모르는 행동들이 삶의 발목을 잡고 송두리째 흔듭니다. 반복된 쓴 뿌리들이 성장을 방해하는 것만 같습니다. 왜 그런지 원인을 찾으려 해도 쉽사리 답을 내놓지 못합니다. 원인을 찾으려 할수록 마음은 답답하고 속만 상합니다.

우리가 내리는 선택과 결정은 인과관계가 명확합니다. 그런 선택을 할 수밖에 없는 이유가 있죠. 근거 없는 행동은 없습니다. 살아온 환경, 성격, 인생의 가치, 추구하는 인생의 궁극적인 목적 등이 행동과 선택의 근간이 됩니다. 어떤 선택과 행동에든 그에 걸맞은 이유와 까닭이 존재하지만 우리는 그 연결고리를 쉽게 발견하지 못합니다. 어디서 어떻게 찾아야 할지 몰라 헤매기도 합니다.

제 삶을 꿰뚫어보고 쓴 뿌리와 행동의 근원을 살필 방법이 있다면 얼마나 좋을까요. 무엇 때문에 분노하고, 무엇 때문에 좌절

하고, 무엇 때문에 괴로워하는지를 알 수 있다면 분명 어제보다 나은 오늘을 살 수 있을 것입니다. 그래서 많은 사람들이 본인 삶의 근원을 찾고 살필 방법을 찾습니다. 쓴 뿌리를 제거하기 위해 정신과를 찾아가 상담을 하고, 자신을 이해하기 위해 심리학 서적을 뒤적입니다. 저명한 사람의 책을 읽거나 연사의 강연을 듣기도 합니다.

그럼에도 속 시원하게 자신이 어떤 사람인지 답을 찾지 못하기 일쑤입니다. 이는 우리 안에 자기 마음을 보여 주지 않으려는 무의식이 자리하고 있어서입니다. 마음이 쉽사리 빗장을 열어 주지 않는 겁니다. 전문가를 만나도 답을 얻지 못할 때가 많은 것은 이 때문입니다. 그렇다고 모른 척하며 살아갈 수는 없습니다. 답을 찾지 못하면 의미 있는 미래를 기약할 수 없기 때문입니다. 그럼 어떻게 해야 보통의 우리가 자기 삶을 이해하고 삶의 근원을 살필 수 있을까요?

가장 좋은 방법은 글을 써 보는 것입니다. 전문가를 찾아가지 않고도 자신을 이해하는 가장 좋은 도구가 글쓰기입니다. 글쓰기는 혼자서도 얼마든지 할 수 있는 행위입니다. 특별한 기술을 배우지 않아도 일상생활에서 늘 하는 것이기도 하고요. 하다못해 스마트폰으로 문자라도 보내잖아요. 친구들과 만나도 메신저로 대화하는 게 요즘 우리들의 모습입니다. 이게, 바로 글쓰기입니다. 우리는 일상에서 매일 글쓰기를 하며 살아갑니다. 다만 자신의 삶을 들여다보려는 글을 쓰지 않을 뿐입니다.

글에 도대체 어떤 힘이 있기에 자신을 이해하는 데 도움을 줄 수 있다는 걸까요? 글은 묘하게도 자기 오감을 작동시키는 마력을 지니고 있습니다. 글을 쓰게 되면 자신의 의지와 상관없이 오감이 작동되기 마련입니다. 예를 들어 여러분이 어린 시절 살았던 고향에 대해 쓴다고 생각해 보세요. 그리고 고향을 떠올려 보세요. 그럼 먼저 시각이 작동되어 고향의 정경을 바라봅니다. 마음의 눈으로 살았던 배경을 또렷하게 감지하지요. 당시 들었던 소리도 재생됩니다. 가족, 친구 들과 어울려 왁자지껄하게 놀던 소리가 들립니다. 고향의 냄새, 당시 느꼈던 느낌도 생생하게 재현됩니다. 만지고 놀았던 대상들의 느낌, 맛있게 먹었던 고향의 음식도 침샘을 자극합니다. 글을 쓰겠다고 플레이 버튼을 누르면 자동 재생이 되듯 오감이 작동되어 고향과 관련된 스토리들이 삶 속으로 파고듭니다. 영화의 한 장면처럼 삶을 생생하게 떠올릴 수 있게 되죠. 이렇듯 글은 삶을 이해하는 묘하고도 확실한 힘을 제공해 줍니다.

그냥 끼적이는 글보다 자기 삶의 이야기를 풀어내려는 의도로 글을 쓰면 훨씬 자신을 이해하기 수월해집니다. 얽혀 있던 삶의 실타래를 글로 풀어내다 보면 자연스레 자기 인생이 보이기 시작합니다. 영화의 한 장면처럼 생생하게 재현되지요. 시각적인 부분뿐 아니라 오감이 작동되어 자세히 삶을 살필 수 있어집니다. 그러다 보면 '내 인생이 왜 이러지?'라는 의문이 풀리기 시작합니다. 아니 저절로 재생이 돼 자신이 선명하게 보입니다. 이해할 수 없었던 자신의 삶을 비로소 발견하게 되는 겁니다.

미국의 전 대통령 빌 클린턴은 한때 성 추문 사건으로 힘겨운 시기를 보냈습니다. 대통령으로, 한 여자의 남편으로, 한 아이의 아버지로 견딜 수 없는 시간을 보내야 했지요. 그는 자신의 죄를 부인하기보다 인정하고 용서를 구합니다. 그 과정에서 받은 상처와 모멸감 등은 말로 표현할 수 없었을 것입니다. 가족에 대한 미안함도 많았을 겁니다.

빌 클린턴은 자신이 왜 그런 행동을 저지르게 되었는지 훗날 깨닫게 됩니다. 자기 삶의 이야기를 풀어내면서야 알게 된 것입니다. 그는 『빌 클린턴의 마이 라이프』에 자신이 이따금씩 보인 파멸적인 행동은 어린 시절 알코올중독이었던 아버지 밑에서 자란 환경에서부터 비롯되었다고 고백합니다. 자기 삶을 이해한 빌 클린턴은 자신에게 아픔을 준 아버지를 용서했다는 이야기도 풀어놓습니다. 어린 시절 폭력을 휘두르고 가족을 힘들게 했지만 사랑으로 품고 용서합니다. 그렇게 지난 삶의 이야기를 풀어내면서 비로소 자기 삶을 이해합니다. '내가 왜 이럴까?'에 대한 답을 찾은 겁니다.

'내 인생이 왜 이럴까?' 고민이 되면 자기 삶을 글로 풀어내 보십시오. 피부에 주름이 늘고 인생의 나이테가 많아질 때 쓰면 늦습니다. 하루라도 빨리 써야 합니다. 나의 삶을 이해하며 주인으로 사는 것을 하루라도 더 빨리 시작할 수 있다면 커다란 행운이 아닐까요. 그 의미를 도미니크 로로의 이야기로 이해하면 좋을 것 같습니다. 그는 『심플하게 산다』(바다출판사, 2012)라는 책에 이런 이야기를 적어 두었습니다.

글을 쓰는 것은 자기 자신과 관계를 맺는 일이기도 하다. 글을 통해 자신과 만나는 행위에는 지성과 직관, 상상이 동시에 개입한다. 자신이 어떤 사람인지 정확히 모른다면 어떻게 삶의 방향을 정할 수 있겠는가? 글을 쓴다면 자기 자신을 알고 이해하는 데 훨씬 도움이 될 것이다.

지금과 다른 모습을 꿈꾸려면

지금 이 순간, "내 삶이 정말 좋고 만족스러우며 행복합니다."라고 이야기할 수 있는 사람이 몇이나 될까요? 어느 시인의 말처럼 "그때 그 일이, 그 사람이 노다지였을지 모르는데, 꽃봉오리였을지 모르는데."라는 후회만 안고 현재의 삶을 살아가고 있는 것은 아닌가요. 아니면 내일은 날개를 달고 화려하게 비상할 수 있을 거라는 자기 최면에 빠져서 오늘을 견디고 있지는 않나요?

우리는 완전한 만족 없이 고민과 갈등 속에서 살아갑니다. 원하는 대로 일이 풀리지 않고, 나아갈 방향을 잃을 때도 많죠. 4차 산업혁명 시대의 주역인 청춘들은 더 많은 고민과 갈등 속에 살아갑니다. 보장된 직장을 찾기도 결혼을 하기도 만만치 않습니다. 그때마다 '처음부터 다시 시작할 수 있다면, 다시 기회가 주어지면 좋으련만.'이라고 자조 섞인 후회를 합니다.

가만히 살펴보면 삶의 시기마다 어려운 문제들이 있었습니다. 중고등학생 때를 돌아보면 그때만의 고민이 있었죠. 청년이 돼서 봤을 땐 너무 유치한 문제들이었지만, 그때 그 상황에서는 가장 크고 힘든 주제였습니다. 이십 대, 삼십 대, 사십 대……, 그리고 인생의 마지막 순간에서도 우린 어떤 문제로 고민하고 있을 겁니다. "오십 대가 되어 보니 이십 대 때의 문제는 문제도 아니더라."라고 어떻게 단언할 수 있겠습니까.

힘든 인생이든 행복한 인생이든 인생을 들여다볼 수 있어야 합니다. 매 시기 주어지는 삶의 고민과 문제 앞에 우리가 매번 명확한 답을 찾을 수는 없습니다. 하지만 그 답을 찾기 위한 고민의 과정이 무용한 것은 아닙니다. 그럴 때 가슴을 후벼 파는 아픔도, 저미어 오는 슬픔도, 도돌이표처럼 반복되는 삶의 흔적들도 발견할 수 있으니까요. 문제를 바로 알아야 해답을 찾을 수 있듯이 현재의 삶이 이해돼야 더 나은 미래로 다가갈 수 있습니다. 그럴 때 삶의 변화가 일어납니다.

이를 위해 선행되어야 할 것이 있습니다. 바로 자신의 현재 상태를 파악하는 것입니다. 자기 삶을 이해하려면 지나온 역사를 성찰해야 합니다. 오늘 현재 자기 삶의 근원이 지난 역사에 숨어 있기 때문입니다. 역사학자 에드워드 카는 『역사란 무엇인가』(까치, 2015)에서 말합니다. 역사는 "과거와 현재의 끊임없는 대화"라고 말입니다. 오늘의 삶을 이해하려면 과거의 삶에서 단서를 찾아야 한다는 의미입니다. 오늘의 삶은 과거의 합이 만들어 낸 결과입니다. 그래서 현재를 알려면 과거와 끊임없는 대화를 하라고 조언합니다. 과거를 무시하면 오늘을 알지 못할뿐더러 긍정적인 미래를 도모할 수 없습니다. 미국의 철학자 조지 산타야나는 그 의미를 이렇게 말합니다. "과거를 기억 못 하는 이들은 과거를 반복하기 마련이다." 참 무서운 말입니다. 과거를 제대로 알지 못하면 지나온 삶의 굴레에서 벗어나지 못한다고 하니 말입니다. 여기서 되풀이되는 역사는 긍정적인 의미가 아닐 것입니다. 그래서인지 역사학자들은 "역사는 반복된다."라고 이야기합니다.

지식 소매상을 자처하며 수많은 저술로 독자들의 사랑을 한 몸에 받는 유시민 작가는 유난히 역사에 대한 관심이 많습니다. 저술의 상당수가 역사와 관련돼 있지요. 『거꾸로 읽는 세계사』(푸른나무, 2004)로 일약 베스트셀러 작가가 되었고 『역사의 역사』(돌베개, 2018)는 그 인기에 방점을 찍었습니다. 그가 역사에 특히 관심을 가진 이유는 『역사의 역사』에 나와 있습니다.

역사서를 읽는 것은 새로운 정보나 지식을 얻기 위해서가 아니라 그들이 남긴 이야기에서 우리의 모습을 볼 수 있기 때문이다.

유시민 작가 역시 현재의 모습을 밝히는 의도로 역사를 공부합니다. 철학자 니체도 『인간적인 너무나 인간적인』(동서문화사, 2007)에서 비슷한 메시지를 던집니다.

직접적인 자기관찰도 자신을 알기에는 결코 충분하지 않다. 우리에게는 역사가 필요하다. 왜냐하면 과거란 수많은 물결 속에서 우리에게 계속 흘러 들어오기 때문이다.

자기 삶에서 왜 같은 똑같은 자리에서 쓰러지고 포기하게 되지? 내 인생은 왜 이렇게 안 풀리지?'라는 의문이 든다면 혼자 끙끙 앓지 마십시오. 대신 지나온 삶의 흔적들을 살펴보세요. 과거 삶에 앞으로 살아갈 해답이 숨어 있기에 그렇습니다.

기록된 사료가 나를 이해하는 도구

✒ 지난 역사를 통해 오늘을 알려면 전제돼야 할 것이 있습니다. 누군가가 기록해 놓은 자료가 있어야 한다는 것입니다. 과거를 살필 사료가 없다면 어떤 노력도 좋은 결괴를 만들어 낼 수 없습니다. 역사(歷史)라는 말만 살펴보아도 그렇습니다. 국어사전에는 역사가 이렇게 정리돼 있습니다. "인류 사회의 변천과 흥망의 과정. 또는 그 기록.", "어떠한 사물이나 사실이 존재해 온 연혁". 즉 "지나간 사건이나 과거에 경험한 것, 기록된 사료"를 역사라고 이야기하는 겁니다. 기록돼 있는 것이 비로소 역사가 된대도 과언이 아닙니다.

한 나라의 역사를 살피는 일은 그리 어렵지 않습니다. 선조들이 나라의 기록물을 목숨처럼 여기고 수집, 관리, 보관해 후손들에게 전수해 주었기 때문입니다. 팔만대장경, 조선왕조실록을 잃지 않기 위해 노력한 선조들의 과정은 눈물겨울 정도입니다. 그런 수고들이 지금 우리를 있게 한 것입니다. 우리가 촛불로 만들어 낸 역사도 기록될 것입니다. 청춘들이 강의실을 벗어나, 파트타임의 현장을 떠나 광장에 섰던 이야기도 낱낱이 기록돼 후손들에게 전수될 것이 분명합니다. 이 기록을 밑거름 삼아, 보다 나은 민주주의를 만들어 나가겠지요. 이렇듯 지난 역사는 오늘과 밀접하게 연결돼 있습니다.

그런데 안타까운 것은 많은 이들이 나라와 지역에 대한 역사는 소중히 여기면서도 본인 개개인의 역사에 대해서는 무심하다는 사실입니다. 자기 삶의 역사를 소중하게 여기는 이는 드뭅니다. 살아온 날보다 살아갈 날이 많다고 생각해 자기 인생의 뒤를 돌아보지 않는 건지도 모릅니다. 아직 젊기에 굳이 지난 역사를 살펴야 하냐며 지나칩니다. 자기 삶이 얼마나 소중한지 몰라 하는 말들입니다.

신기하게도 역사는 반복이 됩니다. 오선지의 도돌이표처럼 역사의 수레바퀴는 비슷한 궤적으로 반복돼 굴러갑니다. 특히 부정적인 영향을 주는 역사는 더욱 선명한 궤적으로 반복됩니다. 넘어진 자리에서 다시 넘어지고, 실패했던 일도 비슷한 과정에서 실패의 쓴맛을 봅니다. 잘못된 역사의 궤적을 반복하지 않으려면 '청산'해야 합니다.

현명한 사람들은 자기 삶의 역사를 찾기 위해 동분서주합니다. 그러나 좋은 결과를 얻지 못할 때가 많습니다. 왜냐하면 조상들이 삶을 글로 남겨 두지 않았기 때문입니다. 청춘들의 아버지 세대도 자기 삶을 글로 남기는 작업을 소중하게 여기지 않은 것은 마찬가집니다. 중요성을 모르니 글로 남겨 두는 사람이 없습니다. 하지만 삶을 글로 남겨 두지 않으면 면밀히 살피기 어려운 것은 당연합니다. 빛바랜 사진은 한계가 있습니다. 수박 겉핥기 정도입니다.

지금 삶이 밝고 희망적입니까? 그렇다면 그 삶의 역사가 반복될 수 있도록 기록으로 남기셔야 합니다. 지나온 삶이 불만족스럽습니까? 앞으로 살아갈 날도 회색빛이라면 한탄만 하고 있을 것이 아니라 글을 쓰셔야 합니다. 자기 삶의 이야기를 기록으로 남겨야 합니다. 기록으로 남겨야 반복되는 쓴 뿌리를 제거할 수 있습니다. 보다 현명하게 미래를 설계할 수 있습니다. 나는 훗날 자신의 자녀들이 의미 있는 인생을 펼쳐 가는 밑거름도 됩니다. 현명한 사람들은 이 의미를 간파하고 자기 삶을 기록으로 남겨 왔습니다. 백범 김구도 그랬습니다. 김구는 자기 삶을 글로 남기는 이유를 『백범일지』(너머북스, 2008)에서 밝혔습니다.

> 애초에 이 글을 쓸 생각을 한 것은 내가 상해에서 대한민국 임시 정부의 주석이 되어 내 몸에 죽음이 언제 닥칠지 모르는 위험한 일을 시작할 때에 당시 본국에 돌아가 있던 어린 두 아들에게 내 일을 알리자는 동기에서였다. 이렇게 유서 대신으로 쓴 것이 이 책의 상권이다. 그리고 하권은 윤봉길 의사의 의거 이후에 중일 전쟁의 결과로 우리 독립운동의 기지와 기회를 잃어 이 목숨을 던질 곳이 없이 살아남아서 다시 오는 기회를 기다리게 되었으 나, 그때에는 내 나이 벌써 칠십을 바라보아 앞날이 많지 아니하 므로 주로 미주와 하와이에 있는 동포를 염두에 두고 민족 독립 운동에 대한 나의 경륜과 소회를 알리려고 쓴 것이다. 이것 역시 유서라고 할 것이다.

미국 건국의 아버지이라 불리는 사람이 있습니다. 독립선언서 를 기초하고 피뢰침을 발명한 사람이지요. 그가 바로 벤저민 프랭클린입니다. 그는 자기 삶의 이야기를 이렇게 시작합니다.

사랑하는 아들아.

내게는 즐거운 취미가 하나 있단다. 우리 집안 선조들의 일화를
모으는 일이지. 그 이야기가 재미있거나 없거나, 또는 중요하거나
하찮거나 하는 것은 중요하지 않단다. 기억하고 있을지 모르겠구
나. 언젠가 너와 함께 영국에 여행 갔을 때의 일을 말이다. 난 그곳
에 있는 친척들에게 조상들에 대해 여러 가지를 물어봤었지. 너에
게는 말만 안 했지 사실 그러기 위해서 여행을 간 것이었단다.
어쨌거나 내가 그랬던 것처럼 너 또한 그동안의 내 삶에 대해 궁
금해하리라 생각한다. 그만큼 내 생활을 모르고 있으니 말이다.
마침 이번에 일주일 동안 시골에서 한가롭게 지내게 되었기 때문
에 이 기회에 너를 위해 글을 쓰려고 한다.
물론 또 다른 목적이 있기는 하다. 난 이름도 없고 가난한 집에서
태어났다. 하지만 운 좋게도 지금은 남부럽지 않게 살 뿐이다. 그
런대로 세상에 이름을 알리게 되었다. 물론 하나님의 덕분이기는
하지만. 내 후손들은 내가 성공을 하게 된 과정과 방법을 구체적
으로 알고 싶어 할 것이다. 지금부터 하게 될 이야기가 그들에게
삶을 살아가는 데 하나의 지침이 되었으면 하는 바람이다.
나는 "똑같은 삶을 살 수 있는 기회가 주어진다면 어떻게 할 것이
냐?"라는 질문을 받을 때마다 매번 기꺼이 그러겠노라고 대답했
다. 돌아보면 언제나 행복했기 때문일 것이다. 물론 책을 낼 때 초
판에서 실수한 것을 개정판에서 고치듯, 몇 가지 수정하고 싶은

내 삶의 이야기를 쓴다는 것

것이 있기는 하다. 실수했던 것뿐만 아니라 겪지 않았으면 좋았을 불행한 사건들을 피해 갈 수 있다면 더할 나위 없겠지만, 설사 수정할 수 없다고 해도 다시 한 번 인생을 살아보고 싶다.

하지만 인생을 다시 산다는 것은 말처럼 가능한 일이 아니구나. 따라서 인생을 다시 사는 것만큼이나 가치 있는 일을 해 보고자 한다. 바로 내 지나간 인생을 회상하고 재조명하여 기록으로 남기는 것이다.

—벤저민 프랭클린, 『프랭클린 자서전』(느낌이있는책, 2017)에서

프랭클린은 가난한 집에서 태어났지만 성공하게 된 과정과 방법을 아들과 후손들에게 남겨 주기 위함이라고 말합니다. 진솔하게 적은 프랭클린의 글을 보며 아들과 후손은 의미 있고 가치 있는 삶을 향해 전진했을 것입니다. 삶을 영위하면서 이보다 가치 있는 일이 있을까요. 한 사람의 삶이 역사가 되고 그 역사가 누군가의 삶을 조명하고 밝히는 것만큼 말입니다. 청춘들의 삶도 다르지 않습니다. 그러니 자기 삶의 이야기를 글로 남겨야 합니다. 제 삶의 기록이 곧 삶을 변화시키는 무기가 되니까요.

평범한 삶도 이야기될 필요가 있다

자기 이야기를 어떤 형태로든 남기라고 하면 많은 사람들이 고개를 흔듭니다. 세상에 내세울 만한 것도 없는데 삶을 글로 남겨 뭣하냐며 반문합니다. 삶의 이야기를 진솔하게 풀어낸 뒤에 구설수에 오르지는 않을까 염려하는 마음도 생깁니다. 괜히 삶의 이야기를 풀어내 가족들을 불편하게 할까 봐 시도조차 않습니다. 긁어 부스럼을 만들 필요가 없다고 생각해 도전하지 않는 것이지요. 특히 청춘들은 더더욱 자기 삶을 풀어내기를 꺼립니다. 그럴듯한 인생의 성과가 없을뿐더러 누군가에게 인생의 의미를 전할 메시지도 없다고 생각해서 그렇습니다.

한편으로 생각하면 맞는 말입니다. 그러나 선한 영향을 주는 이야기는 그럴듯한 이력을 가진 사람들만 전수할 수 있는 것은 아닙니다. 평범한 삶을 사는 사람도 얼마든지 자기 삶의 테두리 안에서 인생의 의미를 찾을 수 있습니다. 그래서 평범한 삶을 살고 있어도 자기 이야기를 써야 합니다. 겸손을 최고의 미덕으로 여기는 동방예의지국다운 발상입니다만 지나친 겸손은 예의가 아닙니다. 요즘은 자신의 생각과 의사를 잘 표현하는 것이 오히려 미덕입니다. 그 표현이 누군가의 삶을 이롭게 한다면 적극적으로 표현해야 합니다. 자꾸만 겸손을 핑계로 자기 인생을 이야기하지 않는 행위는 방관입니다. 그러니 의도적으로라도 자기 인

내 삶의 이야기를 쓴다는 것

생의 이야기를 표현하고 남겨야 합니다.

『로마인 이야기』, 『십자군 이야기』의 저자 시오노 나나미는 역사를 분석하고 통찰해 글로 풀어냅니다. 그녀의 글을 보면 당시 인물들의 삶을 고스란히 살필 수 있습니다. 로마인들의 삶을 통해 그들이 어떻게 해서 천년왕국을 이끌어 갈 수 있었는지 알게 해 줍니다. 패자마저도 자신들의 역사에 동참시키는 정치 역량에 혀를 내두를 정도입니다. 멸망하는 과정은 어떻게 인생을 살아가야 할지 해답으로 느껴질 정도로 실감납니다. 수천 년이 지난 로마인들의 삶에서 우리는 교훈을 얻고 이를 내일을 설계하는 데 귀한 자료로 사용합니다. 그래서인지 시오노 나나미는 이 시대를 사는 젊은이들에게 자신의 역사를 써 보기를 당부합니다. 『사는 방법의 연습』(혼, 2012)이라는 책에 이런 문장이 실려 있습니다.

젊은이들이여, 부디 여러분들도 최상의 품격을 가진 인간의 역사를, 자신만의 멋진 역사를 당당하게 써 내려가기 바란다.

그녀가 이렇게 한 인간의 역사를 중요하게 여긴 이유는 무엇일까요. 평범한 사람들의 이야기가 바로 역사가 되기 때문입니다. 일반인들의 역사가 모여 한 시대를 만들고 그 시대는 유구히 흘러 후손들에게 도착합니다. 자신뿐 아니라 누군가의 삶에 지대한 영향을 흘려보내는 것입니다.

평범한 삶을 살다가 자기 이야기를 쓰고 나서 인생을 바꾼 사람은 적지 않습니다. 바로 미국의 44대 대통령인 버락 오바마도 그중 한 명입니다. 그는 정치에 입문하지도 않았던 젊은 시절에 자기 이야기를 씁니다. 오바마는 자기 인생을 더듬어 글을 쓴 이유를 이렇게 밝힙니다.

일반적으로 자서전이라고 하면 기록할 만한 가치가 있는 업적이나 유명한 사람과 나눈 대화 혹은 중요한 역사적 사건에서 자기가 맡은 역할 등을 담는다. 하지만 이 책에는 그런 내용이 하나도 없다. 그리고 자서전이라고 하면 최소한 인생의 국면을 요약하거나 마감하는 내용을 담지만 이 책은 이런 조건도 만족시키지 못한다. 나는 지금도 여전히 세상 속에서 내 길을 헤쳐 가느라 정신없이 바쁘기 때문이다. 게다가 나는 내 경험이 미국 흑인의 경험을 보편적으로 대변한다고 생각하지 않는다. 맨해튼의 한 출판업자는 "어쨌든 간에 선생은 가난하고 불우하게 성장하지는 않았으니까요."라는 말로 내 정체성의 한 부분을 정리했다. 사실 이 특수성을 인정하는 방법, 즉 나는 내 백인 형제자매들이 미국에 있건 아프리카에 있건 그들을 껴안을 수 있으며, 군이 우리의 모든 투쟁을 언급하거나 혹은 그 투쟁을 위한다는 마음 없이도 우리가 공통의 운명을 가지고 있음을 확인할 수 있다는 사실을 배우자는 게 이 책이 말하고자 하는 내용 가운데 하나이다.
　　—버락 오바마, 『내 아버지로부터의 꿈』(랜덤하우스코리아, 2007)에서

버락 오바마 대통령이 자신의 이야기를 쓴 건 33세 때였습니다. 하버드 로스쿨을 다니던 시절, 오바마는 인종차별을 극복한

내 삶의 이야기를 쓴다는 것

후 자기 삶의 역사를 되짚어 보며 글을 풀어냅니다. 그가 자서전 형식으로 엮어 낸『내 아버지로부터의 꿈』역시 훗날 상원 의원과 대통령이 되는 데 큰 디딤돌이 되었습니다. 솔직하고 정직하게 쓴 글이 삶의 뿌리와 인생에 대한 가치를 검증받는 중요한 자료가 되었던 겁니다.

이제 우리 청춘들도 자기 인생의 이야기를 가감 없이 풀어내는 데 익숙해져야 합니다. 자서전 형식이 아니어도 됩니다. 자기 삶의 이야기를 토대 삼아 다양한 형식으로 풀어내면 됩니다. 그렇게 삶의 이야기를 풀어내는 문화가 정착돼야 합니다. 자기 삶을 들여다보고 서술하면서 인생의 성찰과 깨달음이 생깁니다. 삶의 풍요와 성숙은 이런 과정을 통해 형성됩니다. 내 삶의 이야기는 결코 나의 이야기만으로 끝나지 않습니다. 내 삶의 이야기가 바탕이 되어 또 다른 역사가 만들어집니다. 내 삶이 대물림되는 쓴 뿌리를 제거하는 밑거름이 되고, 나은 미래로 도약하는 데 초석이 됩니다. 그러니 평범한 삶이니 가치가 없다고 치부하지 말고 반드시 글로 남기도록 해야 합니다. 남겨진 글이 자신뿐만 아니라 누군가의 삶에 아름다운 결실을 맺는 자양분이 될 수 있게 말입니다.

청춘, 나만의 스토리를 만들어 가는 글쓰기

✒ 보통 자기 삶을 토대로 글을 써 보라고 권하면 나이가 지긋한 사람이나 써야 한다고 생각합니다. 아직 살아갈 날이 많은데 쓸 이야기가 어디 있느냐고 반문하기도 합니다. 대다수 사람들이 자신의 이야기를 토대로 글을 쓰는 데 부정적이거나 소극적인 태도를 취합니다. 그런데 자세히 살펴보면 우리는 이야기를 통해 세상을 살아가는 법을 배워 왔습니다. 할머니의 무릎에서 수많은 이야기를 들었고, 엄마가 들려주는 지속적인 이야기를 통해서 살면서 필요한 덕목이 무엇인지 배워 왔습니다. 이야기가 자신을 이해하고 세상을 인식하는 도구로 기능했음을 부정하기는 어렵습니다.

세상의 모든 이야기는 저마다 가치가 있습니다. 흰머리가 희끗한 어른들의 이야기만 감동과 교훈을 주는 것이 아닙니다. 청소년의 이야기에도 배울 점과 울림이 있습니다. 청춘들의 삶도 다르지 않습니다. 인생을 얼마 살지는 않았지만 그 안에서 느끼는 인생의 성찰이 있습니다. 삶을 이해하고 느낀 단상은 누군가의 삶에 선한 자양분이 될 수 있습니다. 그러니 청춘의 시기에 더더욱 자기 삶의 이야기를 써야 합니다. 청소년과 청춘의 시기에 글쓰기가 어떤 의미가 있을까요?

아동 문학가이자 우리말 연구가인 이오덕 선생님은 청소년기 글쓰기의 중요성을 설명했습니다. "아이들에게 글을 쓰게 하는 목적은 삶을 참되게 가꾸어 사람다운 사람이 되게 하는 데 있다."

청소년기는 자아가 형성되는 중요한 시기입니다. 아울러 자기 정체성을 확립해 나가는 기간이기도 합니다. 성공적인 미래를 위해 꿈을 꾸고 그것을 이루어 나가기 위해 공부하며 준비하는 기간이 청소년기입니다. 이런 중요한 시기에 자기 이야기는 자신이 누구이며 앞으로 어떻게 살아갈지에 대한 답을 찾는 단서를 제공합니다. 특히 진로를 설계하는 데 매우 유용합니다.

진로(進路)는 사전적 의미로 "앞으로 나아가는 길"입니다. 앞으로 살아갈 삶을 살펴보는 일입니다. 영어로는 커리어career 설계를 말합니다. 커리어란 "어떤 분야에서 겪어 온 일이나 쌓아 온 경험"을 의미합니다. 커리어를 설계하려면 지나온 경험에서 단서를 찾아야겠지요. 유의미한 진로 설계에는 두 가지 항목이 요구됩니다. 첫째는 지나온 역사를 통해 자신을 이해하는 것입니다. 자신이 어떤 사람인지, 자신이 현재 있기까지 과정을 알아야 앞으로 살아갈 인생도 의미 있게 디자인할 수 있습니다. 덴마크 철학자 키르케고르의 말을 빌리면 이해가 쉽습니다. "인간은 앞을 바라보면서 살아야 하지만 자신의 삶을 이해하기 위해서는 뒤를 돌아봐야 한다." 그렇습니다. 우리는 돌아보아야만 자기 삶을 이해할 수 있는 존재입니다. 그래서 자기 삶의 역사를 이야기함으로써 자기를 찾고 알아야 합니다. 여태껏 써 둔 기록이 있다면 삶을 이해하는 데 더할 나위 없이 좋을 것입니다.

　두 번째는 앞으로 살아갈 삶을 통찰하는 일입니다. 지나온 삶의 이야기를 토대로 자신이 원하는 인생을 찾았다면 살아갈 세상을 이해할 수 있어야 합니다. 시시각각 변하는 세상을 통찰하고 예측해야 원하는 삶을 차근차근 풀어 갈 수 있습니다. 그렇게 살아가고픈 이야기를 쓰며 행복한 인생을 내다보는 시기가 바로 청소년기입니다. 많은 사람들이 그저 살아온 대로 이야기하는 데서 그칩니다. 어떻게 살아가야 할지에 관해서 감히 인생 대본을 쓰지 않습니다. 그러나 몇몇 사람들은 자신이 천명한 대로 살아갑니다. 살아가고 싶은 대로 인생 대본을 쓰고 그 대본대로 인생을 살아가는 것입니다. 현명한 사람은 이렇게 멋진 인생 대본을 쓰고 그 대본을 현실로 만들어 삽니다. 구체적인 인생 대본이 있는 이들을 두고 사람들은 말합니다. "저 친구는 비전이 있어." 비전은 자신이 살아갈 미래를 선명하게 그리고 있음을 의미합니다. 인생의 목적과 이룰 목표에 대한 인생 대본이 있다는 뜻입니다.

　또 어떤 사람은 누군가 이야기해 주는 대로 살아갑니다. 부모나 선생님이 써 준 대본대로 삽니다. 누군가의 대본을 연기하는 연기자인 셈이죠. 드라마 「SKY 캐슬」(2018~2019)은 이를 잘 보여 줍니다. 부모와 코디가 설계한 대로 살아가는 삶들이 나옵니다. 오직 서울대 의대만 목표로 살아가다 문득 자신이 원하는 삶이 무엇인지 깨닫는 과정은 많은 사람들의 마음을 움직였습니다. 그럼에도 여전히 누군가 제시해 준 길을 무작정 따라가는 사람이

다수인 것이 현실입니다.

청소년기의 자기 삶의 이야기는 자신의 인생 대본을 써 나가는 과정이어야 합니다. 비록 짧은 삶이지만 지나온 삶에서 자신을 이해하는 단서를 찾아야 합니다. 그리고 앞으로 살아갈 인생은 자신이 멋진 대본을 쓰고 그 대본대로 살아가는 재미를 맛볼 수 있어야 합니다. 그런 인생이 참된 삶이 되는 것이니까요.

저의 저서 중 『진짜 공신들이 쓰는 미래자서전』(더디퍼런스, 2017)이 있습니다. 이 책에는 청소년들이 지나온 삶의 이야기를 살피고, 나아갈 삶을 디자인해 긍정적인 인생 대본을 쓰도록 돕는 과정이 담겨 있습니다. 많은 학교에서 진로 자유 학기제 교재로 활용하고 있지요. 도서관과 학교에서 청소년들의 참된 삶을 위한 작은 지침이 되고 있습니다. 인생 대본을 쓴 청소년들은 이구동성으로 이야기합니다. 가상의 공간에서 한평생을 살아 보니 인생이 무엇인지 알 수 있었노라고. 어린 친구들이 허투루 살아서는 안 되겠다는 이야기도 합니다. 부모님이 가엾다는 이야기도 많이 들었습니다. 태몽부터 유언장까지 손수 기록하며 얻은 깨달음에서인지, 어른스러운 말을 자연스레 쏟아냅니다. 그러니 청소년이라고 예외를 두어서는 안 됩니다. 꼭 자기 삶의 이야기를 토대로 글을 풀어내도록 도와야 합니다. 자기 이야기를 쓴 청소년들이 참된 인생, 사람다운 인생이 무엇인지 알고 바람직한 인생을 향해 멋진 항해를 할 수 있도록 말입니다.

청년기는 한 치 앞을 예측할 수 없는 불안한 시기입니다. 꿈과 비전을 향해 도전하지만 눈앞에 보이는 현실은 녹록지 않습니다.

이상과 현실 사이의 괴리를 경험하며 미래를 고민하는 시기입니다. 피 튀기는 입시 전쟁을 치른 것이 엊그제 같은데 이제는 취업이라는 전쟁터로 들어가야 합니다. 남들보다 조금이라도 좋은 위치를 선점하기 위해 스펙을 쌓지만 취업의 문은 여전히 좁습니다. 천정부지로 오른 집값, 자녀 양육비까지 생각하면 결혼은 생각조차 하기 힘듭니다. 오죽하면 N포 세대라는 말이 나왔겠습니까. 무한대로 포기한 세대라는 말입니다.

청년기는 사회와 한 가정의 일원으로 어느 정도 자리를 잡아가야 하는 시기입니다. 가장 열정적이면서도 화려하지만 미완의 삶을 살고 있는 시기에 자기 삶을 토대로 글을 쓰는 것은 어떤 의미일까요? 청년기도 청소년기에 쓰는 글과 많이 다르지 않습니다. 지나온 삶을 되돌아보고 앞으로 어떤 인생을 살아야 할지 인생 대본을 쓰는 것에 포커스를 맞추는 게 좋습니다. 나아가 꿈을 향해 도전하고 부딪히면서 느낀 부분을 정리해 적는 것도 의미가 있습니다. 생생하게 살아 있는 삶의 이야기는 그 누구도 흉내 내지 못할 자신만의 스토리로 거듭나니까요.

사람들은 삶에 동기를 부여해 줄 이야기에 목말라 있습니다. 그럴듯한 스펙을 쌓는 이야기가 아니라 자신만의 차별화된 이야기에 관심을 둡니다. 젊은 청춘답게 좌충우돌하며 자신만의 인생을 향해 항해하는 이야기에 세상은 귀를 기울입니다. 많은 청춘들이 자신만의 특별한 인생 이야기를 글로 쓰고 주목을 받습니다. 그런 삶은 또 다른 청소년과 청춘들의 삶에 신선한 충격을 선물해 주지요. '나도 한번 해 봐도 되겠는데.'라는 자신감을 지니게

내 삶의 이야기를 쓴다는 것

해 줍니다.

수능 7등급 문제아가 삼성전자에 입사하고 자신이 원하는 파일럿이 된 과정을 담은 책이 있습니다. 오현호의 『부시파일럿, 나는 길이 없는 곳으로 간다』(한빛비즈, 2016)가 그 책입니다. 오현호는 머리에 물을 들이고 오토바이 배달을 하며 방황을 합니다. 성적도 좋지 않았죠. 반 석차가 49명 중 43등이었습니다. '이렇게 살면 안 되겠구나.'라는 생각에 스스로 해병대에 지원합니다. 제대를 하고서는 군 생활 동안 도전해 보고 싶은 것들을 하나씩 이룹니다. 스쿠버 다이빙, 사하라 사막 마라톤 완주, 아프리카 루웬조리나 히말라야 텐트 피크 등정 등 다양한 경험을 쌓습니다. 이것이 계기가 되어 삼성전자 중동 총괄에 입사하게 됩니다. 그러나 오현호는 어린 시절 꿈인 파일럿을 향한 도전을 위해 사표를 던집니다. 그리고 원하는 꿈을 성취합니다. 그 과정을 오롯이 글로 풀어내며 말합니다.

> 우리가 불가능하다고 믿는 것들은 많은 이가 시도했지만 실패한 일이다. 실패한 이유가 있으면 해결책도 존재한다. 어떻게든 방법을 찾겠다는 열의에 꼭 해내고야 말겠다는 간절함까지 더해지면 무엇이든 가능하다.

오현호의 이야기에 많은 청소년과 청년들이 자극을 받았습니다. 너도나도 꿈을 향해 도전해 봐야겠다는 생각을 품게 된 것입니다. 한 사람의 인생 도전기가 많은 사람들의 삶에 선한 영향을 끼친 셈입니다.

『멈추지 마, 다시 꿈부터 써 봐』(위즈덤하우스, 2016)는 저자 김수영이 꿈의 목록을 적고 이를 성취해 나가는 과정을 담은 글입니다. 김수영의 청소년기는 독특합니다. 초등학교 때 왕따를 당하고 중학교 때는 비행청소년으로 문제가 많은 여학생이었죠. 검정고시로 간신히 고등학교에 입학할 정도였습니다. 그러다 정신을 차리고 공부에 매진합니다. 실업계 고등학생으로는 최초로 독서 골든벨에서 우승을 차지하죠. 연세대학교를 졸업하지만 취업이 되지 않아 영국으로 건너가 취업에 성공합니다. 잠시 귀국해 검진을 받는데 몸에서 암세포가 발견되었다는 충격적인 소식을 듣습니다. 그때가 스물다섯 살입니다. 김수영은 좌절 대신 이루고 싶은 꿈 73가지를 적었습니다. 그리고 꿈을 이루기 위해 하나씩 도전하기 시작하죠. 미지의 세계를 탐험하고, 자신이 만나고 싶은 사람을 만나고, 꼭 하고 싶은 일들을 해 나갑니다. 그런 과정에서 삶의 활기가 생겨나고 건강도 좋아졌습니다. 꿈의 목록에 적은 것들을 이룬 과정을 글로 썼는데 이 책은 베스트셀러가 되었습니다. 책 한 권이 인생의 항로를 바꾸는 계기가 된 것입니다.

어떤 이야기도 쓸 것이 없다고 고민하는 청년이 있을 수 있습니다. 그렇다면 자신만의 이야기를 만들기 위한 도전을 해 보면 어떨까요. 요리사가 되고 싶다면 세계의 음식점을 탐방하는 배낭여행을 떠나 보고, 자신이 추구하는 가치와 철학이 있다면 그와 관련된 도전을 해 보는 겁니다. 실패해도 괜찮습니다. 그 과정에서 경험과 지혜가 생기기 때문입니다. 그런 사람이 인재가 됩니

내 삶의 이야기를 쓴다는 것

다. 오현호의 중동 체험과 도전이 삼성전자 중동 총괄 입사로 이어진 것처럼 말입니다. 그럴듯한 인생 스토리가 없어도 지금까지 삶을 정리해 글을 써 보세요. 그러면 자신의 삶이 이해되고 앞으로 도전해 보고 싶은 것들이 보일 수 있습니다. 발견한 꿈을 향해 마음껏 도전하면 그것이 자신만의 인생 스토리가 됩니다. 그 스토리가 자기 삶의 최고의 무기가 됩니다. 그리고 이 무기는 누구도 흉내 낼 수 없습니다.

저는 40대 초반에 삶을 정리해 글을 썼습니다. 훗날 내 이름으로 된 책을 써 보고 싶다는 꿈이 있었지만 무엇을 써야 할지 갈피조차 잡지 못한 상태였습니다. 꿈은 있었지만 꿈을 이룰 수 있는 어떤 움직임도 없는 상태에서 저의 삶을 살펴 이야기를 풀어냈습니다. 글쓰기 능력도, 삶을 조리 있게 서술할 자신도 없었지만 용기 하나 붙들고 도전했습니다. 저는 5남매 중 막내로 태어났습니다. 바로 위의 형과 네 살 터울입니다. 어머니로부터 가난한 형편에 덜컥 임신이 돼 낳지 않으려 했다는 이야기도 들었습니다. 그러나 어머니는 저를 볼 때마다 "막둥이를 낳지 않았으면 큰일 날 뻔했다."라며 칭찬해 주셨습니다. 그때마다 저의 자존감은 높아졌습니다. 어머니에 대한 기억은 너무나 또렷한데 아버지의 기억은 손에 꼽을 정도입니다. 아버지는 정치를 하셨습니다. 지역의 발전을 위해 동분서주했지만 가정은 성실히 돌보지 않으시는 건지 아버지와 함께한 추억은 많지 않습니다. 철없는 열한 살에 아버지께서 돌아가셨으니 기억이 없을 만도 합니다.

남편을 일찍 보낸 어머니의 삶은 인고의 세월이었습니다. 5남매를 잘 키워 보려고 손발이 닳도록 사셨습니다. 호강 한번 못해 본 굴곡의 삶이었습니다. 그런 제 어머니의 삶을 제 두 아들에게(지금은 세 아들이네요.) 오롯이 전해 주고 싶어 글을 풀어냈습니다. 글을 쓰면서 참 많이 울었습니다. 어머니의 삶의 무게를 온전히 느낄 수 있었습니다. 저의 삶과 성격, 삶을 대하는 태도가 이해되었습니다. 가감 없이 지나온 삶의 발자취를 남겨 아이들이 제 삶을 이해할 수 있도록 했습니다. 아이들은 시간이 날 때마다 『Love(Jesus, Mother, Wife, Son) Story』를 보며 질문을 쏟아냅니다. 아이들도 다양한 질문을 하고 답을 들으며 자기 삶을 이해하기 위해 힘썼습니다.

저의 이야기를 쓴 2009년, 그 이듬해에 『미래자서전으로 꿈을 디자인하라』를 출판 계약했습니다. 그것이 시발점이 되어 지금은 16권의 책을 낸 작가가 되었습니다. 지극히 평범한 삶을 살던 제가 저의 이야기를 정리하고 앞으로 살아갈 인생을 살핀 것이 계기가 되어 작가가 되고 강연가가 되었습니다. 그러니 어떤 인생을 살든 자기 이야기를 쓰라고 말씀드리고 싶습니다. 자기 이야기를 쓰게 되면 보이지 않았던 세계가 보이고 이전과는 다른, 확연히 나은 인생으로 도약할 단서를 찾을 수 있을 테니까요. 그게 무기가 돼 인생 후반전을 의미 있게 보낼 수 있습니다.

이 세상에 태어나 살아가는 사람이라면 누구나 나름대로 삶의 이유와 의미를 지니고 있습니다. 어떤 삶을 살든 그 삶은 누군가에게 희망을 주거나 때로는 아픔을 주기도 합니다. 어떤 인생이든 지금까지 살아온 삶을 바꿀 수 없습니다. 하지만 남은 삶을 다르게 펼쳐 갈 수 있습니다. 자신의 삶을 토대로 쓴 글이 매듭이 될 수 있습니다. 그 매듭이 더 나은 미래로 도약하는 디딤돌이 되어 줄 테고요. 그러니 자신의 삶을 토대로 글을 풀어내 보십시오. 그 글이 삶의 무기가 될 테니까요.

2

삶의 발목을 잡는 상처를 치유하다

누구에게나 내면의 아픈 상처가 있다

✒ 이 시대의 청춘들은 참 많은 상처를 안고 살고 있습니다. 자신도 모르는 사이에 아픈 상처를 경험하지요. 갓 태어났을 때 부모와의 애착 관계 형성, 어린 시절 부모의 양육 태도, 부모의 가치 강요, 살면서 겪은 가슴 아픈 일들이 상처로 남습니다. 어린 시절에 받은 상처는 평생 자기의 발목을 잡고 괴롭힙니다. 자신도 모르는 사이에 내면에 상처가 형성된 채 살아가는 것입니다.

현재 마흔의 시기를 살고 있는 사람은 가부장적인 가정 아래서 받은 상처가 많을 것입니다. 21세기를 살고 있지만 19세기의 가치관으로 살아가는 부모들 아래서 자랐기 때문입니다. 6·25 세대를 전후한 부모들은 가난에서 벗어나는 일이 최대의 관심사였습니다. 가족들의 배를 곯지 않도록 새벽부터 저녁까지 힘겨운 사투를 벌이며 살아야 했습니다. 오직 성공을 향한 노력이 한강의 기적을 일으켜 오늘의 경제적인 여유를 갖게 했습니다. 그러나 겉으로 부유하고 행복해 보이는 이면에는 가슴 아픈 일들도 많습니다. 가부장적인 아버지들은 사회와 가정에서 다르게 행동할 때가 많았지요. 사회에서는 치열하게 경쟁해야 했고, 살아남기 위해 때로는 비굴하게 행동하며 자리를 지키려고 애써야만 했습니다. 하지만 가정에서는 19세기 모습으로 돌아가 권위를 지킵니다. 아버지라는 권위를 위해 약한 모습을 보일 수는 없습니다.

가정은 자기 마음대로 해도 된다는 왜곡된 생각을 품은 이들도 더러 있었고, 사회생활로 받은 스트레스를 가정에서 푼 사람도 적지 않았습니다. 칭찬에도 인색합니다. 지나가는 말로라도 칭찬하는 일이 없습니다. 자녀들은 칭찬을 들어 본 일이 없어 아버지에게 인정을 받으려고 힘겨운 사투를 벌이며 살아야 했습니다. 그런 과정에서 상처를 받은 자녀들이 생긴 겁니다.

그 시대 어머니들도 힘겹기는 마찬가지였습니다. 결혼과 동시에 한 남자의 아내로 며느리로 어머니로 살아야 했습니다. 여러 역할을 감당하며 최선을 다하지만 19세기 가치 아래에서 여자의 일생은 순탄치 않았습니다. 대가족을 지탱하는 중요한 존재이지만 실제로는 가장 밑바닥에서 희생하며 참아야 하는 존재였습니다. 가장 가까운 가족들이 어머니의 희생을 당연하게 여겼습니다. 어떤 곳에서도 어머니의 몫은 없었습니다. 어머니들도 가부장적인 가치 아래에서 그러려니 하면서 살았습니다. 어린 시절 품었던 꿈 많은 여자의 봄날은 사라지고 며느리요, 아내요, 어머니의 삶만 주어졌던 겁니다. 자신의 일생이 없는 삶이 과연 행복하다고 할 수 있을까요. 가부장적인 남편과 시집살이에서 받은 스트레스는 어디로 흘러갔을까요. 아마 자녀에게 고스란히 스며들었을 것입니다.

지금의 이삼십 대들도 상처에서 자유롭지 못합니다. 1997년에 우리나라에 외환위기가 찾아옵니다. 그때 많은 가정이 깨졌습니다. 자살로 부모를 잃은 극단적인 경우도 많았습니다. 하루아침에 일자리를 잃고 방황하는 부모들이 우후죽순 늘어났습니다.

가정을 지키기 위해 엄마들도 직장으로 달려가야 했습니다. 그때 아이들이 받은 스트레스는 어른들 못지않았습니다. 오죽하면 2011년 전후로 '중2병'이라는 말이 회자되었을까요. 중2병은 중학교 2학년 나이 또래의 사춘기 청소년들이 흔히 겪게 되는 심리적 상태를 빗댄 언어입니다. 어른들이 어떻게 해 볼 수 없을 정도로 힘겨운 상대라는 것을 에둘러 표현한 용어입니다. 이때 학교폭력, 인터넷 중독, 학교 중퇴 등이 심각해진 것입니다. IMF외환위기로 받은 상처가 삶으로 나타난 것입니다.

자녀를 제대로 사랑하고 양육하는 방법을 가르친 조벽과 최성애 교수가 있습니다. 가정과 학교, 사회에 치유 에너지를 전파하고 있는 이들 부부는 자녀들이 아픈 상처를 겪는 경우에 관해 이렇게 이야기합니다.

부모가 억압적이거나, 자녀를 방치하거나 학대할 때 아이는 애착 손상을 입습니다. 성적에 따라 조건부 사랑을 주는 부모, 서로 싸우느라 자녀에게 사랑을 주지 못하는 부모, 먹고사는 일 때문에 자녀를 돌볼 시간이 없는 부모도 본의 아니게 자녀에게 애착 손상을 입힙니다.

부모로부터 외면당하거나, 거부당하거나, 버림받으면 사람에 대한 믿음이 낮아지고 결국 다른 사람들에게도 버림받을 거라는 생각을 갖게 됩니다. 불신, 불안, 두려움 등 부정적 감정이 생기며 부정적 생각 패턴을 갖게 됩니다. 부정적 '인생 대본'이 생겨나는 것입니다. 본인의 과거, 현재, 미래에 대해 절망적으로 생각하고,

부정적 상황을 예측하고, 절망하며 지레 포기하는 사람이 바로 정서적 흙수저입니다.

그들은 『정서적 흙수저와 정서적 금수저』(해냄출판사, 2018)라는 책에서 성인 정신 질환의 가장 큰 원인이 어린 시절의 애착 트라우마로 인한 정서 조절의 어려움이라고 말합니다. 대표적 증상이 우울증과 불안증이라고도 합니다. 부모들의 삶의 태도가 내면의 아픈 상처를 형성하게 한다는 이야깁니다. 내면에 상처가 있는 사람들에게 나타나는 몇 가지 특징이 있습니다.

첫째, 한번 받은 상처는 그것이 치유되기 전까지 없어지지 않고 그대로 남아서 조금씩 자랍니다. 상처에는 세월이 약이라는 말이 적용되지 않습니다. 둘째, 상처는 우리의 자유와 기쁨을 박탈하면서 마음을 지배합니다. 오늘을 사는데도 과거에 살도록 지배하는 것이 상처입니다. 셋째, 상처는 인간관계를 파괴합니다. 아버지와 관계가 좋지 않았던 사람이 사회생활을 할 때 직장 상사나 자기의 윗사람과 좋은 관계를 맺기가 어려운 이유가 바로 이 때문입니다. 마음이 아프면 다른 사람과 원만한 관계를 맺기 어려운 경우가 정말 많습니다. 넷째, 상처는 유전됩니다. 우리는 육체뿐만 아니라 정신적이고 영적인 DNA까지 부모로부터 물려받습니다. 그런데 내면의 아픈 상처마저도 유전이 된다는 겁니다. 부모의 상처가 곧 자신의 것이 되고, 치유되지 않는 자신의 상처는 자녀에게 대물림이 됩니다. 참 무서운 것이 내면의 아픈 상처입니다.

우리나라는 반세기 동안 급격한 사회 변화를 거쳤습니다. 그 과정에서 삶은 풍요로워졌습니다. 하지만 풍요로움의 깊이만큼 마음의 상처도 깊어졌습니다. 마음이 아픈 사람이 많으니 사회가 건강하지 않은 셈입니다. OECD 국가 중에 자살률이 1위라고 하잖아요. 그러니 내면의 아픈 상처에 대해 관심을 가져야 합니다. IMF 시기에 어린 시절을 보낸 청춘들은 더 관심을 기울여야 합니다. 눈에 보이지 않는다고 무관심하다가는 큰일을 겪을 수 있으니까요.

내면의 상처가 치유되지 않으면

✒️   많은 사람들이 내면의 상처에 무관심합니다. 어린 시절 받은 상처라며 애써 외면하죠. 어른이 돼서도 숨기고 싶은 과거의 이야기일 뿐이라며 일축하기도 합니다. 어쩌면 그럴 수밖에 없는 문화 속에서 살아왔는지도 모릅니다. 지난 과거를 들춰내는 일이 점잖지 못한 행동이라고 생각해서인지도 모릅니다. 현재 아무렇지 않게 살아가고 있는데 굳이 과거의 이야기를 들먹일 필요가 있냐는 거겠죠. 한편으로는 가슴 아픈 상처를 속으로 감추면 된다고 생각했는지도 모릅니다. 언젠가는 치유되고 사라지리라 믿고 싶었던 것입니다. 그러면 아픔을 다시 되뇔 필요가 없으니까요. 우리가 그렇게 애써 외면한 내면의 아픈 상처들이 시간이 흘러서도 삶에 영향을 주지 않는다면 얼마나 좋겠습니까? 그런데 그렇지 않습니다. 치유되지 않은 상처는 콘크리트처럼 단단히 굳어져 오랜 세월을 잠복합니다. 그러다 작은 불씨라도 주어지면 폭탄이 되어 터지고 맙니다. 오랜 세월 잠잠했더라도 소용없습니다. 내면과 연결된 뇌관을 건드리기만 하면 폭발이 일어나고 맙니다. 그래서 무서운 겁니다.

상처가 치유되지 않으면 스스로 삶을 파괴하기도 합니다. 자신도 알 수 없는 행동들을 일삼게 만듭니다. 자연히 그 모습을 지켜보게 되는 가족과 주변 사람들은 힘겨워집니다. 물론 누구보다 힘든 것은 자신일 겁니다. 자신도 왜 그런 행동을 일삼는지 알 수가 없으니까요. 내면의 아픈 상처가 생기면 검정색 하드보드판에 아주 작은 구멍이 뚫리는 것과 같다고 합니다. 그런데 이 구멍은 평상시에는 잘 보이지가 않습니다. 대신 캄캄한 밤에 빛을 비추면 수많은 구멍으로 불빛이 새어 나오는 광경을 볼 수 있습니다. 그렇게 새어 나온 불빛이 상처의 흔적이라는 겁니다. 저마다 가슴속에 뚫려 있는 구멍이 어떤 사람은 몇 개, 또 어떤 사람은 수십 개, 수백 개에 달합니다. 그런 불빛들이 가슴을 아프게 하고 삶의 발목을 잡는 겁니다.

자기 마음에 수많이 구멍이 숭숭 뚫려 있다고 생각해 보세요. 그 마음으로 오늘을 살고 가족을 상대하고 있다면 아찔합니다. 그래서 더더욱 내면의 상처에 관심을 가져야 합니다. 다음 글은 한 여자의 삶을 바라보며 적은 글입니다. 글을 읽으며 한 사람의 삶의 발자취를 더듬어 보세요.

어린 소녀는 태어난 지 13일 만에 양부모에게 맡겨진다. 양부모는 매우 종교적인 사람이라 아이를 엄격히 청교도적으로 키운다. 친아버지는 누군지 모르고(소녀는 어른이 되어서야 생부를 잠깐 만난다.), 친어머니는 심각한 정신 질환을 앓고 있다. 소녀는 후에 생모가 어린 자신을 교살하려고까지 했다고 밝혔다.

소녀가 일곱 살이 되었을 때 친어머니는 소녀를 양부모한테서 데리고 온다. 하지만 여전히 소녀를 키울 형편이 못 된다. 불과 몇 달 후 생모는 병이 재발하고, 심한 우울증 때문에 병원을 찾는

다. 이어서 정신분열증 진단을 받고 정신 병원에 보내진다. 생모의 여자 친구가 소녀의 후견인이 된다. 하지만 소녀는 이 집에서도 곧 발붙일 곳이 없어진다. 이 여자가 아이 셋 딸린 남자와 결혼해 버린 것이다. 소녀는 고아원에 보내졌다가 2년 후에는 다시 이모 집으로 간다. 후에 성인이 된 이 딸은 어머니에 대해 이렇게 말한다. "엄마는 절 원하지 않아요. 전 길에서 엄마를 만나면 피했어요. 제가 살아 있다는 게 엄마한테는 수치스러운 일이었어요."

어느덧 다 자란 이 예쁜 10대 소녀는 열여섯 번째 생일이 보름쯤 지난 후 이웃에 사는 다섯 살 연상의 공장 노동자와 결혼한다. 그러나 이 결혼은 몇 년 안 가 파경을 맞는다. 하지만 이혼하기도 전에 어떤 사진작가가 이 예쁜 젊은 여성에게 관심을 보인다. 이 사진작가는 이 여자를 데리고 다니며 사진을 찍는다. 모델이 된 것이다. 그녀는 계약을 맺고 영화 촬영을 하기에 이른다.

그녀는 갈색 머리를 금발로 물들이고 예명(藝名)을 쓴다. 그러고는 서서히 배우 경력을 쌓아 간다. 그리고 타고난 재능 덕분에 금방 이 분야에서 자리를 잡는다. 귀여운 블론드의 섹스 심벌이 된 것이다. 그녀는 옆도 돌아보지 않고 이 역할에 매진한다. 어떤 작가는 그녀를 두고 "우리의 천사이다. 귀여운 섹시 천사이다."라고 찬사를 보낸다.

1954년 그녀는 열한 살이나 많은 야구 선수와 재혼한다. 그러나 이 결혼도 행복하지 못하고 오래가지 않는다. 이 여자는 처음에는 농담으로, 나중에는 버릇처럼 '아빠'라고 부른 유명한 작가와 세 번째 결혼을 한다. 섹스 심벌로서 뭇 남성들의 상상력을 자극하고 여성들의 찬탄의 대상이 된 그녀의 사생활은 불행하다. 세 번째 남편은 그녀에게 "당신만큼 가엾은 여자는 처음 봤소."라고 말한다. 1962년 8월 5일. 그녀는 스스로 목숨을 끊는다.

—우르술라 누버, 『심리학이 어린 시절을 말하다』

(랜덤하우스코리아, 2010)에서

위 글의 주인공은 영화배우 마릴린 먼로입니다. 한때 뭇 사람들의 선망의 대상이자 찬탄을 한 몸에 받은 스타였습니다. 그렇지만 그녀의 인생은 비극으로 마감됩니다. 그녀는 왜 행복한 삶을 살지 못했을까요? 보이지 않는 과거의 상처들이 번번이 그녀 삶의 발목을 잡았기 때문입니다. 치유되지 않은 상처의 굴레에서 벗어나지 못한 채 비극적인 운명을 맞은 것입니다. 우리는 병의 증상이 나타나거나 조짐이 보이면 병원을 찾아가 치료를 받습니다. 정기적인 검진도 받습니다. 그런데 내면의 상처에는 아무렇지 않게 생각합니다. 그러나 이제는 달라져야 합니다. 내면의 아픈 상처에 관심을 기울이고 치유하겠다는 의지를 보여야 합니다. 치유되지 않은 상처는 너무 힘이 셉니다. 삶을 무너뜨리는 주범입니다. 그러니 자신의 내면을 살펴야 합니다. 그리고 발견된 상처를 치유해야 합니다. 치유되어야 행복한 삶으로 멋진 항해를 떠날 수 있으니까요.

내면의 상처 어떻게 다루어야 할까

어떤 알코올중독자에게 두 아들이 있었습니다. 두 아들은 알코올중독자 아버지 밑에서 상처를 받고 자랐습니다. 그러나 두 아들의 삶은 사뭇 달랐습니다. 어떤 점이 두 아들의 삶을 변모시켰을까요.

큰 아들은 안타깝게도 아버지와 비슷한 삶을 삽니다. 20대에 아버지처럼 알코올중독자가 되고 조직 폭력배에 가담합니다. 아버지가 어린 시절 자신에게 했던 행동을 똑같이 일삼았습니다. 아버지와 비슷한 삶의 궤적을 그리다 음주운전을 하고 20대에 교통사고로 삶을 마감하고 맙니다.

동생은 형과 다른 삶을 삽니다. '나는 절대 아버지처럼 되지 않겠다.'라고 다짐하고 스스로 삶을 개척해 갑니다. 호주가 고향인 그는 스무 살이 되기 전에 단돈 20달러를 들고 미국으로 향합니다. 자신이 잘할 수 있는 것이 무엇인지 찾다가 운동을 하기로 결심합니다. 하루 8시간 아르바이트를 하고 7시간은 보디빌딩에 온 힘을 쏟아붓습니다. 그렇게 만든 몸으로 세계 보디빌딩 대회에서 우승을 거머쥡니다. 한 번도 힘든데 세계 보디빌딩 챔피언을 일곱 번이나 쟁취합니다. 보디빌딩으로 유명세를 탄 그는 영화배우가 됩니다. 할리우드에서 최고의 몸값을 자랑하는 배우로 성장합니다. 그리고 정치에 입문해 캘리포니아 주지사에 당선이 되어 영향력 있는 삶을 삽니다. 그가 바로 「터미네이터」(1984)의 주인 공 아널드 슈워제네거입니다.

사회심리학자 필립 짐바르도는 어린 시절에 대한 태도가 삶에 얼마나 많은 영향을 미치는지에 관해 밝힙니다.

누구나 과거의 영향을 받지만 과거가 전적으로 어떤 사람을 결정 하지 않는다. 과거의 사건이 인생에 결정적인 영향을 미치는 경 우는 별로 없다. 사건에 대한 우리의 태도가 사건 자체보다 훨씬 중요하다. 현재의 해석과 과거를 구별하는 것은 중요하다. 왜냐 하면 변화에 대한 희망을 주기 때문이다. 과거에 일어난 일은 바 꿀 수 없다. 그러나 그것을 보는 관점은 바꿀 수 있다. 틀을 바꾸 면 도움이 되는 경우가 많다. 틀을 바꾸면 전체 모습이 다르게 보 인다.

─같은 책에서

독일 최고의 심리 상담가이며 『심리학이 어린 시절을 말하다』 의 저자 우르술라 누버도 비슷한 메시지를 전합니다. "어린 시절 경험에 매달리지 마라. 인생은 결국 스스로 만드는 것이다."
어린 시절 같은 환경에서 비슷한 상처를 받고 살지만 두 형제 의 삶은 완전히 상이합니다. 내면의 상처에 반응하는 태도에 따 라 인생도 달라진 것입니다. 아널드 슈워제네거는 이렇게 생각하 며 인생을 개척했다고 합니다. '나는 절대로 아버지처럼 살지 않겠다. 아버지를 욕하거나 불평해 봐야 뭐하나? 내가 할 수 있는 것이 무엇인가? 내가 잘할 수 있는 재능이 무엇이며, 내가 지금 무엇을 해야 나의 인생을 다르게 살 수 있을까?' 어린 시절을 바라보는 태도의 차이가 과연 미래의 삶을 탈바꿈시켰습니다.

어린아이일 때 받은 상처는 자신의 의지와 상관없이 벌어진 일입니다. 태어난 것도, 어린 시절 자라난 환경도, 부모도 자기 힘으로 해결할 수 없습니다. 자신이 선택할 수 있는 것은 없습니다. 자신이 겪은 과거를 스스로가 바꿀 수 없다는 의미입니다. 이때 받은 상처로 힘겨운 삶을 살아가는 것은 결코 자기 잘못에서 비롯되지 않았습니다.

영화 「굿 윌 헌팅」(1997)의 주인공 윌에게는 천재적인 능력이 있었습니다. 순식간에 책을 읽고 그 내용을 오랫동안 기억합니다. 수학적인 능력도 탁월해 수학계 노벨상을 탄 교수가 풀지 못한 문제도 거뜬히 풀어냅니다. 그러나 윌은 어린 시절 부모에게 버림받고 양부모로부터 학대를 받고 자랍니다. 그것이 내면의 상처가 되어 마음을 닫고 삽니다. 사랑하는 스카일라의 달콤한 사랑 고백도 곧이곧대로 받아들이지 못합니다. 부모에게 버림받은 것처럼 언젠가 버림받으리라라는 불안한 마음 때문이죠. 천재적인 능력을 가졌음에도 자기 능력을 마음껏 펼치지 못하고 길거리를 방황합니다. 아픈 과거를 가진 자신을 지키기 위해 쉽게 분노하고 폭력을 일삼습니다. 이때 숀 맥과이어 교수가 다가와 윌을 치유해 줍니다. 숀 교수는 윌에게 어린 시절 아픔을 당한 것이 윌의 잘못이 아니라고 말해 줍니다. 거듭 "네 잘못이 아니야."라는 말로 위로합니다. 그제야 윌은 울음을 터뜨리고 아픈 과거의 상처로부터 벗어납니다. 아픈 상처에서 자유로워지는 첫 걸음이 자신의 잘못이 아님을 깨닫는 것이었던 셈입니다.

1890년에 출생한 미국 작가 캐서린 버틀러 해서웨이는 어릴 때 척추 결핵을 앓아 등이 기형적으로 굽었습니다. 가족들은 그녀를 어떻게 치료할지 고민합니다. 의사들이 척추 기형을 효과적으로 치료하려면 딱딱한 판자에 묶어야 한다고 조언해 줍니다. 가족들은 의사의 말에 동의하고 열다섯 살까지 판자에 묶어 치료를 병행합니다. 그녀는 자신의 의지와 상관없이 열다섯 살까지 판자에 묶여 지내야 했습니다. 끔찍한 고통에도 불구하고 그녀의 등은 여전히 굽어 있습니다. 의사와 가족들은 캐서린이 스스로 세상과 단절하고 고통 속에서 살아가리라고 짐작했습니다. 그러나 그녀는 그들의 예상과 완전히 다른 삶을 살아갑니다. 자신의 장애를 있는 그대로 받아들이고 삶을 포용하기로 결정하죠. 그리고 가족들 곁을 떠나 홀로서기를 시도하며 그림을 그리기 시작합니다. 그녀는 세계적인 화가가 됩니다. 그리고 결혼도 합니다. 캐서린은 자신의 삶을 『The Little Locksmith(어린 자물쇠 장수)』(페미니스트프레스, 2000)라는 제목의 책으로 풀어냅니다. 책에서 그녀는 자신의 삶을 바라보는 관점을 이렇게 밝힙니다. "갈림길에 서 있는 자신을 만나, 죽기 전에 스스로에게 솔직할 것인지 아닌지를 결정할 때 삶은 바뀐다." 캐서린은 삶을 바라보는 태도를 통해 인생을 바꾸어 나갔습니다. 모두의 우려를 불식하고 자신만의 멋진 인생을 그려 내고 살아갔습니다.

가만히 살펴보면 사람들은 타인의 상처에 별 관심이 없습니다. 오직 자기 자신만 상처에 얽매여 살아갑니다. 결핍과 불안감에 휩싸이고, 버림받으리라는 부정적인 시각으로 하루하루를 보내게 되는 것은 쉽습니다. 하지만 부정적인 태도는 결국 삶을 무너뜨리는 주범이 됩니다. 이제부터라도 자신을 바라보는 태도를 바꿔야 합니다. 있는 그대로를 수용하고 인정하는 것부터 시작하는 겁니다. 치유는 '있는 그대로의 자신을 인정하고 받아들이는 것'에서 시작되니까요. 그리고 씩씩하게 고백해 보세요. "그래. 나는 이렇다. 그런데 그것이 어쨌는데."라고 받아들이고 나아가는 겁니다. 그러면 지금까지 자신을 억누르고 옥죄었던 상처들과 서서히 멀어지게 될 테니까요. 과거 아픈 상처의 그늘에서 벗어나는 겁니다.

표현하라, 그 순간 치유는 시작된다

✒️   자기 삶을 토대로 글을 쓸 때 누리는 효과는 다양합니다. 그중에서도 단연 으뜸은 치유 효과입니다. 내면의 아픈 상처들을 치유하는 데 글쓰기는 제격입니다. 이미 많은 전문가들이 자기 삶을 토대로 하는 글쓰기에 치료 효과가 있다는 것을 연구로 입증해 주었습니다.

가톨릭대학교 김인숙의 석사 논문에서도 그 의미를 밝힐 수 있습니다. 논문 제목이 「그룹 자서전 쓰기 프로그램이 중년 여성 우울증 치료에 미치는 영향」(가톨릭대학교, 2007)입니다. 중년 여성을 대상으로 자기 삶을 토대로 한 글쓰기가 어떤 효과가 있는지를 실험한 것입니다. 연구 결과 자기 이야기를 토대로 한 글쓰기가 우울증을 감소시키는 데 효과가 있었습니다. 우울증의 원인이 되는 내적 상처에 접근해 스스로 치유하는 데 글쓰기의 긍정적 효과가 있다고 밝혔습니다.

저도 글쓰기 강의를 할 때면 자기 삶의 단면을 쓰는 시간을 갖습니다. 그중에서도 인생에서 가장 힘겹고 가슴 아팠던 장면을 쓰게 합니다. 공무원 퇴직을 앞둔 분이 한 페이지 분량의 글을 썼습니다. 발표해 줄 수 있냐고 물었더니 용기 있게 마이크를 집어 들었습니다. 그는 중학교 2학년 시절 이야기를 쓴 문장을 읽기 시작했습니다. 너무 담담하게 시작했기에 어떤 내용일지 궁금했습니다.

그러나 첫 문장 이상의 진도를 쉽게 이어 가지 못했습니다. 가난한 집안 형편 때문에 중학교 2학년 때 학교를 그만두고 원양어선을 타야 하는 심정에 관한 대목을 읽다 울음을 터뜨린 것입니다. 진정을 하고 다시 읽으려고 해도 복받친 감정을 추스르지 못했습니다. 그렇게 한참을 읽다가 울다가를 반복했습니다. 울어본 적이 있는 사람은 울고 난 후의 후련함을 압니다. 울음도 언어이기 때문입니다. 한바탕 울고 나면 응어리가 풀립니다. 그분은 어렵게 한 장을 다 읽고 난 후에야 후련하다는 말씀을 하셨습니다. 저는 중학교 2학년 때 응어리진 아픔이 육십이 다 돼서야 치유된 것이라고 말씀드렸습니다.

청소년들도 자신의 삶을 토대로 글을 쓰고 아픈 상처를 치유합니다. 실제로 미국의 한 고등학교에서는 자기 삶을 글로 쓰고 삶을 변화시킨 이야기가 있습니다. 캘리포니아 소재 윌슨 고등학교에 다니는 학생들이 그 주인공입니다. 그곳에는 어려운 생활환경에서 자란 흑인, 동양계, 라틴계 등 다양한 인종의 학생들이 모여 있었습니다. 많은 학생들이 세상으로부터 소외받으며 저마다 깊은 상처를 지니고 하루하루를 절망 속에서 살아갑니다. 지역 갱단이 쏜 총에 맞아 동생을 잃거나, 인종차별을 받고, 매일 마약에 찌들어 폭력을 일삼는 아버지 밑에서 자란 아이들이 대부분입니다. 고등학교나마 졸업하면 다행일 아이들은 23세 초임 교사 에린 그루웰을 만나 변화를 맞이합니다. 에린 그루웰 선생님은 그들에게 진심 어린 도움의 손길을 내밉니다. 글쓰기로 삶의 변화를 꾀한 것입니다. 선생님은 학생들에게 좋은 것, 나쁜 것, 과거, 현재, 미래, 떠오르는 단상 등 무엇이든 매일 글을 쓰도록 이끕니다. 글을 쓰는 아이들이 없을 거라는 주변의 우려에도 불구하고 많은 아이들이 자기 삶의 단면을 글로 풀어냅니다. 그리고 자신이 쓴 글을 서로 나눕니다. 그 과정에서 서로를 공감하고 이해하기 시작합니다. 친구와 부모, 자기 마음의 실체를 깨닫기 시작합니다. 그때부터 도저히 변하지 않을 것 같은 아이들이 변하기 시작합니다.

졸업조차 힘든 학교에서 에린 그루웰 제자 150명 전원이 당당히 졸업합니다. 그리고 대학에 진학하죠. 석사 학위를 받은 아이들도 생깁니다. 몇몇 학생들은 선생님이 되어 에린 그루웰처럼 글쓰기를 통한 자기 치유의 수업을 이어 갑니다. 이들의 이야기는 『프리덤 라이터스 다이어리』(알에이치코리아, 2007)라는 책으로 엮여 나왔습니다. 「프리덤 라이터스」(2007)라는 영화로도 제작되어 많은 이들의 사랑을 받았습니다. 표현하기 싫고 감추고 싶은 자기 삶의 어두움을 글로 표현하면서부터 삶에 밝은 햇살이 비추기 시작한 것입니다.

심리학자이면서 글쓰기 치료 연구를 하는 제임스 페니베이커 박사는 『글쓰기 치료』(학지사, 2007)에서 말합니다. "트라우마의 경험을 가지고 있는 것은 확실히 여러 가지 면에서 좋지 않은 영향이 있다. 그러나 심리적 외상을 경험한 후 그것을 비밀로 간직한 사람들은 훨씬 더 고통스러운 삶을 살고 있다." 내면의 아픈 상처를 묻어 두고 겉으로 아무렇지 않게 살아가는 사람의 결과가 어떠한지를 말해 주고 있는 것입니다. 『치유하는 글쓰기』(한겨레출판, 2008)의 저자 박미라는 같은 메시지를 전합니다.

> 어떤 내용이라도 말하고 싶으면 말해야 한다. 듣는 사람이 없어도 좋다. 상대가 감당할 수 없는 말이라면 혼잣말이라도 상관없다. 입을 열고 말하기 시작할 때 치유는 시작된다.

혼자 있더라도 응어리진 아픔을 발설하라는 의미입니다. 치유학자나 글쓰기 강사들은 내면에 쌓인 아픈 상처를 발설하라고 독려합니다. 그래야 치유가 시작되기 때문입니다. 발설한다는 것은 말하기 곤란하고 드러내 놓기 어려운 상처를 의미합니다. 다른 사람의 시선 때문에 망설이는 것이 아니라 과감하게 이야기하는 것이 발설입니다. 내면의 아픔을 어떤 형태로든 밖으로 발설하고 표현하는 순간 치유는 시작되기 때문입니다.

자신의 가슴 아픈 과거사를 솔직하게 쓰고 유명세를 타고 대통령까지 된 사람이 있습니다. 바로 미국의 최초 흑인 대통령인 버락 오바마입니다. 그는 35세에 자신의 이야기를 담은 『내 아버지로부터의 꿈』을 씁니다. 그는 자기 이야기를 쓰게 된 동기와 정체성을 찾는 과정을 아버지 무덤에서 밝힙니다.

> 나는 오랫동안 무덤 앞에 앉아서 울었다. 얼마나 울었던지 눈물마저 말라 버렸다. 그제야 정적이 나를 감싸고 있다는 사실을 깨달았다. 그리고 마침내 가족을 구분하는 동그라미가 완전히 닫히

는 걸 느꼈다. 내가 누구이고, 또 내가 누구를 돌보고 보살피는 것은 지성이나 의무의 문제가 아님을 깨달았다. 그것은 말로 규정할 수 있는 어떤 것이 아니었다. 미국에서 보낸 내 삶을 돌아보았다. 흑인으로서의 삶, 백인으로서의 삶, 소년 시절의 자포자기적인 절망, 시카고에서 목격했던 분노와 희망……. 이 모든 것들은 대서양 건너 멀리 떨어진 이 작은 곳과 이어져 있었고, 내 이름이나 피부색을 훌쩍 뛰어넘는 의미를 지니고 있었다.

내가 느낀 고통은 아버지가 느꼈던 고통이었다. 내가 던진 질문들은 내 형제가 던졌던 질문들이었다. 그들의 투쟁은 태어날 때부터 나에게 귀속된 것이었다.

—『내 아버지로부터의 꿈』에서

오바마는 백인 어머니와 흑인 아버지 사이에 태어났습니다. 그래서 흑인도 아니고 백인도 아니라고 생각한 것입니다. 미국에서 자랐지만 할아버지와 할머니가 아프리카에 살고 있어서 미국인도 아니고 아프리카인도 아니었던 겁니다. 회색 지대를 살고 있던 오바마는 자신의 정체성을 찾아가는 과정을 진솔하게 글로 씁니다. 그렇게 탄생한 책이 놀랍게 성공을 거둡니다. 대통령 선거때에는 뜨거운 관심도 이끌어 냅니다. 그는 이미 대통령 선거전에 출생과 성장 배경에 대한 검증을 마친 셈입니다. 더 이상 논란의 여지를 만들지도 않았을뿐더러 홀가분한 마음으로 선거를 치를 수 있었습니다. 이것 또한 가슴 아픈 상처를 진솔하게 적은 효과라 볼 수 있습니다.

자신의 삶 속에서 가슴 아픈 기억은 무엇입니까? '이것만큼은 도저히 남들에게 이야기할 수 없어.'라고 숨기고 싶은 이야기는 무엇입니까? 그 생각만 하면 가슴이 아파 도저히 견딜 수 없을 것 같은 경험은 또 무엇입니까? 지난 삶 속에 마음을 아리게 한 이야기가 있다면 발설하십시오. 말로 해도 좋지만 글은 더 큰 힘이 있습니다. 그러니 당장 펜을 들거나 컴퓨터 자판 앞에 앉으십시오. 그리고 기억 속에 머물고 있는 이야기를 지면에 꺼내 놓으십시오. 표현하는 순간 이미 치유는 시작됩니다. 더 이상 과거에 머물지 않고 미래를 향해 나아가는 첫걸음을 떼 보세요.

어떻게 써야 치유될까

✒ 치유는 "치료하여 병을 낫게 한다."라는 뜻입니다. 치유하다heal의 어원 whole이 '전체성'이나 '완전성'을 의미하므로 치유는 여러 가지 요소를 온전하게 통합하는 것, 즉 온전함을 획득하는 작업입니다. 치유가 되었다는 것은 어린 시절 받은 상처 이전의 모습으로 되돌아가 온전하게 되는 것을 뜻합니다. 상처 없는 온전한 상태로 회복하는 거죠. 그것이 글쓰기로 가능하다는 것입니다.

자기 삶을 글로 풀어내 치유에 이르려면 자발적인 태도가 필요합니다. 자발적으로 동참해야 숨기고 싶은 이야기를 끄집어 낼 수 있습니다. 주도적으로 자기 삶을 들여다보아야 감추어 왔던 이야기에 용기를 내 접근할 수 있습니다. 그렇지 않으면 끝내 아픔에 머물러 있는 어른 아이에서 벗어나기 힘듭니다. 자기의 아픔과 직면하고 그것을 발설하겠다는 생각으로 접근하는 것이 중요합니다. 그럼 어떤 자세로 글을 써야 치유에 이를까요?

첫째는 자신을 솔직하게 표현하겠다는 자세가 필요합니다. 치유는 나 자신을 있는 그대로 표현하는 것부터 시작되기 때문입니다. 그 의미는 심리 치료 전문가인 루이스 L. 헤이의 말을 들으면 이해가 쉽습니다. 그녀는 내면 상처의 치유는 "있는 그대로의 자신을 사랑하고 인정할 때" 가능하다고 말합니다. 『치유하는 글쓰기』의 박미라도 치유하는 글을 쓰기 위해 필요한 자세를 언급합니다. "완전한 자기 용서와 자기 수용을 지향하며 바로 지금 여기, 있는 그대로의 나를 바라보고 인정하고 애도하는 것으로부터 치유는 시작된다."

있는 그대로 자신의 모습을 표현하기 위해서는 자신을 가능한 한 솔직하고 진솔하게 표현하겠다는 의지가 필요합니다. 막상 자기 삶을 토대로 글을 쓰려고 하면 마음속에서 부딪힘이 생깁니다. 부끄러운 경험이나 과거사에 대해 표현해야 되는지 말아야 하는지 끊임없이 싸움이 일어납니다. 그렇기에 자기의 아픈 과거사를 고스란히 표현하기란 생각만큼 쉽지 않습니다. 도덕적으로나 사회적으로 용납하기 힘든 일은 더욱 표현하기 힘듭니다. 이렇게 갈등이 생기는 데는 가족들의 시선이 끼치는 영향이 큽니다. 거기 더해 도덕성을 중요하게 여기는 사회의 영향도 무시할 수 없습니다.

그러나 무엇보다 자신을 있는 그대로 표현하지 못하는 것은 사람들은 자신이 쓴 글에 대하여 수치스러워하는 경향이 있기 때문입니다. 자신을 수치스러워하는 것은 자기 존재에 대한 회의로부터 시작됩니다. 아픈 상처가 수치심을 불러일으켜 글로 표현하지 못하도록 막는 것입니다. 그래서 글로 치유에 이르려면 자신의 아픔을 솔직하게 표현하겠다는 용기가 필요합니다. 난처한 것, 굴욕적인 것, 부정적인 요소나 긍정적인 요소 모두를 표현하도록 신경 써야 합니다. 표현하기 싫다고 느껴지는 것일수록 더 표현해야 합니다. 그것이 내면의 상처이기 때문입니다. 글로 표현해서 느낄 잠시 잠깐의 수치나 두려움 때문에 솔직하게 자신을 표현하지 못하면 치유는 일어나지 않습니다.

빌 클린턴 전 미국 대통령은 자신의 이야기를 담은 『빌 클린턴 마이 라이프』(물푸레, 2004)에서 르윈스키 성 추문 사건에 관련된 이야기를 자세히 다룹니다. 자신의 업적에 치명적인 이야기를 가감 없이 서술합니다. 대통령이 굳이 지난 과오를 솔직하게 쓸 필요가 있을까라고 반문하는 사람도 있을 것입니다. 그러나 그는 많은 지면을 할애하며 진솔하게 그 과정을 이야기합니다. 그러면서 자신의 실수를 인정하고 자기 가족과 르윈스키 가족들에게 사죄의 말을 씁니다. 가족과 그를 믿었던 사람들이 얼마나 큰 아픔과 고통을 겪었을까요. 그의 아내 힐러리 클린턴은 당시 사건을 자신의 저서 『살아 있는 역사』에서 이렇게 회고합니다.

사람들이 그렇게 고통스러운 시기를 어떻게 견뎌 냈느냐고 물으면, 나는 가정에 위기가 발생해도 날마다 아침에 일어나 일하러 가는 것은 조금도 별난 일이 아니라고 말한다. 우리는 누구나 인생에서 한 번쯤은 그런 시기를 겪어야 하고, 위기에 대처하는 데 필요한 기술은 퍼스트레이디든 지게차 운전사든 다를 게 없다. 나는 다만 세상의 주목을 받으면서 그 고통을 견뎌야 했을 뿐이다. (중략) 빌은 국민에게 자신의 정치적 운명을 맡겼다. 빌은 국민의 동정을 구한 다음, 백악관에 온 첫날부터 줄곧 그랬듯이 헌신적으로 국민을 위해 일하는 데 몰두했다. 그리고 빌과 나는 정기적으로 심리 상담을 받으면서, 오랫동안 끊임없이 계속된 선거

운동 때문에 미루어 놓았던 어려운 문제들을 서로 묻고 답해야 했다. 이제 나는 할 수만 있다면 우리 결혼을 지키고 싶었다.

빌의 진솔한 사과에 대한 대중의 반응에 나도 기운이 났다. 위기가 지속되는 동안에도 여론은 대통령의 직무 수행에 확고한 지지를 보냈다. 또한 미국인의 절대 다수인 약 60퍼센트는 국회가 탄핵 절차에 착수하는 데 반대했고, 빌의 사임에도 반대했고, 스타 보고서의 노골적인 세부는 '부적절'하다고 응답했다. 나에 대한 지지율은 사상 최고치에 가까워지고 있었고, 나중에는 70퍼센트까지 치솟았다. 이는 미국 국민이 기본적으로 공정하고 동정심이 많다는 증거였다.

— 힐러리 로댐 클린턴, 『살아 있는 역사2』(웅진닷컴, 2003)에서

빌 클린턴의 행동에 힐러리는 헤아리기 힘든 고통을 겪습니다. 그러나 그의 진솔한 사과와 용기에 결혼 생활을 지속해야겠다는 생각을 품습니다. 그녀의 용기 있는 행동은 많은 국민들로부터 지지를 받았습니다. 자신의 실수와 과오에 대한 솔직한 표현과 진실한 용서는 자신뿐만 아니라 그 대상도 치유될 수 있다는 것을 보여 주었습니다. 그가 대통령일지라도 말입니다.

싱글 맘으로 성(姓)씨가 다른 세 아이를 키운 과정을 소설로 풀어내 베스트셀러가 된 책이 있습니다. 바로 공지영의 『즐거운 나의 집』(폴라북스, 2013)입니다. 그녀는 성씨가 다른 세 아이를 키우면서 스스로에 대한 주눅에서 벗어나지 못했지만 용기를 내 글을 씁니다. 어쩌면 창피하게 느낄 수 있는 가정사입니다. 그러나 오

삶의 발목을 잡는 상처를 치유하다

히려 솔직하게 삶의 이야기를 풀어냅니다. 책을 출간하고 인터뷰를 하면서 공지영 작가는 자신의 삶을 이렇게 표현합니다. "나를 키운 건 팔 할이 상처다. 글쓰기야말로 남이 아니라 바로 제 자신의 고통이나 상처를 치유한다."

공지영의 삶은 상처투성이지만 그것을 솔직하게 글로 표현하면서 자유를 얻습니다. 글로 풀어내는 과정에서 치유가 일어난 것입니다. 치유가 일어나면 더 이상 과거에 머물지 않게 됩니다. 어떤 아픔도 자기 발목을 잡지 못합니다. 완전히 자유하게 됩니다. 누군가 그 이야기로 공격해도 상관하지 않을 수 있어집니다. 상처가 아물었기 때문입니다. 아물지 않은 상처는 칼로 베인 자리에 밴드를 붙여 놓은 것과 같습니다. 베인 자리에 물기가 스며들면 쓰라린 아픔을 느낍니다. 그러나 치유되면 아무 고통도 아픔도 좌절도 느끼지 않게 됩니다. 그러니 자기 삶을 있는 그대로 바라보고 진솔하게 표현하도록 해야 합니다.

둘째는 지금보다 더 좋은 모습으로 변화하겠다는 마음 자세가 필요합니다. 치유는 완전한 자기 용서와 자기 수용을 해야 비로소 가능해집니다. 바로 지금, 있는 그대로의 나를 바라보고 인정하고 애도하는 것이 바로 치유의 출발점입니다. 그러기 위해서는 글을 쓰면서 자기 내면의 상처 치유와 더불어 변화하고 싶다는 적극적인 마음 자세를 가져야 합니다.

최고의 엔터테이너이자 희망 전도사인 오프라 윈프리도 상처에서 자유롭지 못했습니다. 그녀는 1954년 미시시피 코지어스코에서 사생아로 태어납니다. 아홉 살 때, 열아홉 살 사촌오빠에게 강간을 당한 이후로 어머니의 남자 친구나 친척 아저씨 등에게 끊임없는 성적 학대를 받으며 자랍니다. 열네 살에는 미숙아를 사산했고, 20대 초반에는 마약까지 복용합니다. 하지만 그녀는 세계적인 토크쇼「오프라 윈프리 쇼」를 통해서 세계에서 가장 영향력 있는 인물이 됩니다. 동시에 할리우드 최고의 부자가 됩니다. 1997년에는 미국인이 존경하는 인물 3위에 뽑히기도 합니다. 그녀의 성공은 아픈 과거에 대한 진솔한 고백이 있었기에 가능했습니다. 그녀는 자신이 현재까지 오는 과정에서 여러 가지 도움이 된 것이 있는데 그중 하나가 '진실'이라고 말합니다. "진실은 사실과 다르다. 사실은 일어난 사건이고 진실은 사실을 인정하는 힘이다. 사실을 수용하고 받아들이는 힘이 진실인 것이다." "승리는 자신이 만드는 것이다. 과거 속에 살거나 과거가 우리 존재를 규정하게 하면 결코 성장하지 못할 것이다." 그녀는 더 이상 과거에 매여 살고 싶지 않았습니다. 나은 삶으로 변화하기를 원했습니다. 그래서 지난 세월 동안 일어난 사건들을 있는 그대로 수용하고 인정하고 고백합니다. 그 힘이 한층 나은 미래로 성장하게 돕는 밑거름이 된 것입니다.

자기 삶을 글로 풀어내 아픈 상처에서 치유되기 원한다면 용기를 내 지난 사건에 접근해야 합니다. 그리고 있는 그대로 자신을 인정하고 받아들여야 합니다. 아픔으로 점철된 인생의 씨줄과 날줄을 글로 풀어내 보십시오. 그러다 보면 아픔은 사라지고 아

삶의 밑목을 잡는 상처를 치유하다

삶의 밑목을 잡는 상처를 치유하다

름다운 미래를 씨줄과 날줄 속에서 찾아내고 그리고 있는 자신을 발견할 수 있을 겁니다. 그 미래를 향해 아름다운 항해를 시작하면 됩니다. 인생 변화의 스토리는 그렇게 써지는 것이니까요. 그리고 그 이야기가 우리의 삶을 변화시키는 진정한 무기입니다.

3 내 삶을 이해하는 글쓰기

오직 진실만 붙들기

✒ 진실이 무엇인지 분별하기 힘든 시대입니다. 저마다 자기 말이 진실이라고 목소리를 높이지만 믿기 힘듭니다. 툭하면 터지는 비리와 스캔들, 왜곡된 삶의 이야기들이 우리를 혼란의 소용돌이로 몰아갑니다. 한 이불을 덮고 사는 부부 사이에도 진실하지 못하다는 생각이 듭니다.

얼마 전 「완벽한 타인」(2018)이라는 영화를 봤습니다. 완벽해 보이는 관계(부부와 34년지기 친구들) 속에서 살지만 실제는 타인처럼 살아간다는 것을 영화는 말합니다. 34년지기 친구들이 부부 동반으로 모이는 집들이에서 게임을 합니다. 각자의 스마트폰을 탁자 위에 올려놓고 통화, 메시지, 이메일까지 모두 공유하자는 것입니다. 대수롭지 않게 시작한 게임은 각자 내밀히 간직해 왔던 이야기들의 베일을 벗깁니다. 부부와 친구들에게 말하지 못한 고민과 욕구 들이 스마트폰을 통해 드러납니다. 가장 가까이 있는 사람이 오히려 진실을 모른 채 살아가고 있었음을 깨닫습니다. 엔딩크레디트가 올라갈 즈음에는 어째서 영화의 제목이 "완벽한 타인"인지 명확히 알 수 있었습니다.

이렇듯 우리는 완벽한 관계 안에서 살아가는 사람에게조차 진실을 말하지 못합니다. 돌이키기 힘든 실수가 될까 봐 진실을 숨기고, 상처받기 싫어서 말하지 않을 수도 있습니다. 현재 관계를 유지하기 위해서도 사실을 왜곡합니다. 영원히 침묵하고 있으면 사실을 숨길 수 있다고 판단해서 말하지 않을 수도 있습니다. 그렇지만 자기 삶의 민낯은 언젠가는 드러나게 돼 있습니다. 영화에서 의도치 않은 게임으로 불편한 진실들이 드러나는 것처럼 말입니다.

자기 삶의 이야기를 글로 풀어낼 때도 진실은 숨으려고 합니다. 구설수에 오르고 싶지 않다는 글쓴이의 우려 때문입니다. 누군가에게 상처가 되고 실망을 줄까 봐 발설을 꺼립니다. 어떻게든 자기에게 유리한 방향으로 윤색(潤色)하려고 합니다. 미화하려는 유혹을 끊임없이 받는 겁니다. 그래서 글을 쓰는 작가나 글쓰기를 가르치는 사람들은 이구동성으로 진실을 강조합니다. 글 잘 쓰기로 유명한 알랭 드 보통은 글 쓰는 자세에 대해 이렇게 말합니다. "때로 내가 부끄러움을 느끼거나 위험에 노출될 만한 일일지라도 내가 느끼는 바를 솔직하게 그대로 표현하고자 노력합니다."

세계적인 베스트셀러 저자도 글을 쓸 때 솔직하게 표현하려 힘쓴다고 강조하는 걸 보면, 그것이 얼마나 어려운지를 알 수 있습니다.『유혹하는 글쓰기』(김영사, 2017)의 스티븐 킹도 비슷한 메시지를 전합니다. "여러분이 쓰고 싶은 것이라면 무엇이든지, 정말 뭐든지 써도 좋다. 단 진실만을 말해야 한다."

뭐든지 써도 되지만 진실만을 이야기해야 한답니다. 외국 작가들만 진실을 강조하진 않습니다. 대한민국 국민들이 좋아하는 조정래 작가도 "작가는 진실 지킴이로서 산소 같은 역할을 해야 한다."라고 강조합니다.

『인생을 글로 치유하는 법』(책읽는수요일, 2013) 저자 바버라 애버크롬비는 헤밍웨이의 말을 빌려 진실한 글쓰기를 강조합니다.

나는 창가에 서서 파리의 지붕들을 내다보며 이렇게 생각하곤 했다. '걱정하지 마. 넌 지금까지도 잘 써 왔으니 앞으로도 잘 쓸 거야. 일단 진실한 문장 하나를 쓰면 돼. 네가 아는 가장 진실한 문장을 써 봐.' 그렇게 해서 마침내 진실한 문장 하나를 쓰고 나면 거기서부터 글을 써 나갈 수 있었다. 그것은 어렵지 않았다. 내가 알고 있거나 어디선가 읽었거나 누군가에게 들은 진실한 문장 하나쯤은 늘 있었기 때문이다.

헤밍웨이는 미사여구보다 진실한 하나의 문장을 원했습니다. 그것이 힘이요 생명이기에 온 힘을 기울인 것입니다. 진실 없는 글을 쓴다고 생각되면 시곗바늘을 돌려 다시 삶의 이야기를 추려 냅니다. 진정성이 없는 글로는 독자의 마음도 자신의 삶도 변화시킬 수 없다고 믿었기 때문이겠지요. 삶을 이해하려면 있는 그대로의 삶을 바라볼 수 있어야 합니다. 그리고 그것을 글로 풀어 내야 비로소 자기 삶이 이해됩니다. 그럴듯하게 보이려고 윤색하려고 든다면 자신의 삶을 온전히 살필 수 없습니다. 가공해서 쓸 필요가 없습니다. 원래 가공된 이야기는 진실이 빠져 있기 마련이고 그런 글로는 자기 삶을 이해할 수 없으니까요. 진실, 오직 진실을 바라보고 진실한 마음으로 글을 쓸 때 자신이 어떤 사람인지, 어떻게 살아왔는지 분명히 알아차릴 수 있습니다.

내 삶의 근원이 되는 이야기

✒️　　　세상의 모든 것에는 근원이 있습니다. 반드시 시작점이 있습니다. 시작점에서 연결고리가 형성돼 진화하고 진보해 갑니다. 식물도, 동물도, 세상사도 다르지 않습니다. 그래서 무엇을 이해하려면 그 근원을 파헤치는 작업이 필요합니다. 그 뿌리를 이해하지 않고서는 줄기도 열매도 알기 어려우니까요.

자신의 삶을 이해하는 첫걸음도 내 삶의 근원이 시작되는 지점을 확인하는 일입니다. 그 지점은 조상 대대로부터 조부와 외조부, 부모까지 이르러야 합니다. 그러나 그 작업은 너무 방대합니다. 어디서부터 시작해야 될지 가늠조차 어렵습니다. 가족사를 이야기로 엮어 놓은 책이 있다면 가장 좋겠지만 우리나라 문화에서는 찾아보기 쉽지 않습니다. 사료가 없으면 아무리 열심히 노력해도 그 근원을 찾아내기 힘듭니다. 그래서 접근하기 쉬운 것에서 단서를 찾는 것이 좋습니다. 자신이 태어난 이야기에서부터 시작해 보는 것입니다.

자신이 어떤 사람인지 알기 위해서는 누군가에게 자기 삶의 시작점에 대한 이야기를 들어야 합니다. 자신을 가장 잘 알고 있는 사람에게 들으면 더 효과적입니다. 자신을 기억하고 있는 사람이 세상에 존재하고 있을 때 리서치해야 합니다. 그 의미를 『자기 역사를 쓴다는 것』(바다출판사, 2018)의 저자 다치바나 다카시는 이렇게 말합니다.

인간은 모두 죽는다. 한 인간의 죽음과 함께 많은 것을 잃게 된다. 그 사람의 머릿속에 있던 기억을 잃게 된다. 그 사람의 기억을 잃음과 동시에 그 사람의 기억과 이어져 있던 기억 네트워크의 해당 부분이 빠져 나가고 만다. 세계는 만물의 집합체로서 존재하며, 동시에 동시대를 구성하는 많은 인간들이 공유하는 장대한 기억의 네트워크로서 존재하고 있다. 이 세계의 주요한 구성 요소로 장대한 전 인류적 기억의 네트워크가 존재한다. 한 인간이 죽으면 그 사람의 뇌가 담당하고 있던 장대한 세계 기억 네트워크의 해당 부분이 소멸하고 만다. 한 인간 몫의 구멍이 생긴 기억 네트워크는 이전과 같을 수 없다. 세계 기억 네트워크의 콘텐츠는 세계의 구성원들이 하나씩 시시각각 빠져 나갈 때마다 조금씩 변해 간다.

자신을 잘 알고 있는 사람이 사라질수록 자신을 이해할 수 있는 퍼즐이 사라진다는 해석이 가능합니다. 그래서 하루빨리 자신의 삶의 시작점에 대한 리서치가 진행되어야 합니다. 특히 가족이 살아 계실 때 물어야 합니다. 자세히 물어 많은 정보를 확보해야 자신이 어떤 사람인지 이해할 수 있습니다. 이 과정에서 모든 사람이 긍정적인 메시지만을 수집하게 되는 것은 물론 아닙니다. 탄생의 과정을 낱낱이 듣는 일을 거부하고 싶은 사람도 충분히 생길 수 있습니다. 저의 수업을 들었던 수강생의 글을 보면 그런 친구의 마음이 전해져 충분히 이해가 갑니다.

하루는 할머니에게 저의 태몽에 관해 물어봤습니다. 저의 태몽이 무엇일지 조마조마하게 기다렸습니다만 다행히도 할머니는 기억이 나지 않는다고 하셨습니다. 저에게 태몽이라는 것이 있었다는 것에 놀랐지만 잊혔다는 사실이 얼마나 다행이었는지 모릅니다. 태몽을 들어 버렸다면 망각조차 할 수 없어 삶의 마지막 순간까지 기억해야 했을지 모르잖아요. 그런 느낌은 무엇이라고 표현해야 할까요. 나의 존재가 그 전부터 있던 것과 죽음까지 동반해야 된다면 고역일 것입니다. 이럴 때에는 망각이 얼마나 감사한 존재인지 다시금 깨닫게 됩니다. 손바닥으로 살며시 떠 마시는 강물 같다 할까요. 그 작은 한 모금이 얼마나 소중한지 알고 있음에도 이상하게 그 사실을 잊어버리고 맙니다. 참으로 모순적인 말이지만 그러지 않는 것이 또 어디에 있겠습니까. 아무튼 저는 태몽의 존재 여부가 더 불확실해진 것을 정말 기쁘게 생각하고 있습니다. 저는 태몽에 의미를 부여하여 저 자신을 바라보는 것도 그 꿈을 해석해 보는 것도 싫기 때문에 그 행동의 원초적인 공급력이라 할 수 있는 태몽을 끊어 버림으로써 무언가의 영향으로부터 저 자신을 지켜 냈다는 것에 기쁨을 느낍니다.

위 글은 중학교 3학년이 썼습니다. 자기 삶의 탄생의 근원이 되는 태몽과 관련된 에피소드를 적으라는 과제에 대한 글입니다. 그런데 태몽을 거부하고 있습니다. 태몽을 듣고 의미를 부여해 긍정적으로 해석하는 여느 수강생과 달리 태몽 자체를 거부합니다. 그 이유는 다른 글에 숨겨져 있었습니다. 부모의 이혼으로 외할머니 밑에서 자란 학생이 다섯 살 즈음에 엄마를 만납니다. 엄마라고 말하지 않았지만 본능적으로 엄마임을 알아차립니다. 일곱 살에는 조부가 계신 곳으로 거처를 옮깁니다. 부모의 이혼으로 여기저기를 떠돌아다닌 학생은 태몽을 끊어 버림으로써 자신을 지켜 내고 싶었던 것입니다. 자기 삶의 시작점을 부인하지만 그 과정도 자신을 이해하는 과정의 하나입니다. 학생은 그렇게 자기 삶의 시작점을 들춰내면서 자신이 어떤 사람인지를 이해하며 나아갑니다.

자기 삶의 시작점은 긍정적일 수도 부정적일 수도 있습니다. 위 학생처럼 기억하고 싶지 않을 수도 있을 것입니다. 그러나 그 어떤 것도 거부할 수는 없습니다. 기억하고 싶지 않다고 해서 인생의 시작점이 달라지는 것은 아니니까요. 오히려 당당하게 대면하고 맞서서 극복하며 자기 삶의 스토리를 써 나가야 합니다. 삶은 해석이기에, 어떻게 해석하느냐에 따라 긍정이 부정이 되기도 하고, 부정적인 삶이 긍정적인 요소로도 작용할 수 있습니다. 중요한 것은 내 삶의 시작점을 아는 것입니다. 그 근원을 알 수 있어야 자신도 이해할 수 있습니다. 적을 알고 나를 알아야 인생에서도 승리의 깃발을 휘날릴 것입니다.

지금 자신의 탄생 과정을 알고 계신 분이 있으신가요? 아주 조그마한 단서라도 갖고 있는 사람에게 달려가십시오. 그리고 물어보십시오. 내 삶의 시작점은 어떠했냐고? 가족들은 어떤 삶을 살

고 있었느냐고? 내가 태어났을 당시 가정과 사회 환경에 대해서
도 물으십시오. 그리고 찾은 단서를 바탕 삼아 글을 쓰십시오. 나
의 출생과 탄생에 대한 일화를 말입니다. 글을 쓰다 보면 미처 알
지 못했던 삶의 진실들을 마주하게 될 것입니다. 그 진실들이 나
를 지키는 무기가 되고 삶을 헤쳐 가는 도구가 됩니다. 세상에 하
나밖에 없는 유일한 무기가 되어 자신을 지키고 리드해 줍니다.

뿌리, 아버지에 대하여

✒ 자신의 삶을 이해하려면 그 근원을 파헤쳐야 합니다. 그 중에서도 부모님의 삶을 온전히 살필 수 있다면 자신을 이해하는 데 큰 도움이 될 겁니다. 부모님 없는 나는 존재할 수 없습니다. 싫든 좋든 부모님의 영향 아래 유전적인 요소, 생각, 삶을 바라보는 태도와 가치관이 형성됩니다. 부정할 수도 거부할 수도 없습니다. 너무 커다란 존재로 자기 삶을 지배하는 이들에 관하여 가능한 한 세심히 살펴야 합니다. 아버지에 대하여 살펴보는 시간을 가져 보십시오. 아버지는 자기 인생의 뿌리이기 때문입니다. 아버지의 삶을 통해 자신을 이해하려면 용어를 이해하는 것부터 시작하면 좋습니다. '아버지'라는 말에는 어떤 뜻이 담겨 있을까요? 아버지를 가리키는 용어는 세계적으로 참 다양합니다. 아기가 처음 아버지를 부를 때 한국에서는 '아빠', 서양에서는 '파파', 이스라엘에서는 '아브', 아람어로는 '아바'라고 부릅니다. 모두 말하기 쉽고 친근감 있게 느껴지는 표현들이죠.

아이들이 성숙해지면서 아빠를 아버지라고 부릅니다. 영어로는 father(파더)라고 합니다. 그리스어 pater(파테르)에서 유래됐습니다. 파테르는 모범이라는 뜻의 pattern(패턴)에서 나왔죠. 이 말들을 종합해 보면 father에는 가정에서 가장답게 모범을 보여야 한다는 의미가 내포되어 있습니다. 아버지는 가정을 이끌어 가는 가장입니다. 경제적으로 정신적으로 가족을 부양하고 책임을 지고 인도해야 합니다. 가장은 가정의 머리라는 뜻이기도 합니다. 머리는 권위이며 지도자를 의미합니다. 그래서 아이들은 아버지께 인정을 받고 싶어 합니다. 아버지가 가정의 최고 권위자이며 책임지는 존재이기 때문입니다. 그래서 아이들은 필요한 것이 있으면 엄마에게 달려가고, 칭찬받고 인정받고 싶을 때는 아버지에게로 가는 것입니다. 그 의미는 김성묵이 쓴 『아버지 사랑합니다』(두란노, 2005)라는 책에서 잘 설명되고 있습니다.

> 자녀에게 아버지는 세상을 알아 가는 하나뿐인 통로이다. 그러니 자녀에게 아버지는 세상 전부나 마찬가지다. 그것이 아버지에게 인정받은 자녀가 세계를 향해 자신감을 갖게 되는 이유이다. 그것이 아버지에게 인정받지 못하는 자녀가 극심한 실패감과 열등감에 시달리게 되는 이유이다.

그럼 모범적인 아버지는 어떤 역할을 감당해야 할까요? 아버지의 정체성을 확립하는 모범적인 사례를 어디에서 찾으면 좋을까요. 아버지 역할에 대한 고민은 '아버지학교'에서 설명하는 것에 귀를 기울이면 좋을 것 같습니다. 아버지학교는 아버지 역할을 제대로 인식시켜 가정에서 아버지들이 제 역할을 감당할 수 있도록 돕는 기관입니다. 이미 수많은 아버지들이 아버지학교를 거쳐 갔고 많은 가정이 회복되었습니다. 아버지학교 이야기는 『아버지 사랑합니다』라는 책으로도 출판되어 아버지 역할에 대한 고민을 해결해 주고 있습니다.

아버지학교에서는 진정한 아버지가 되기 위해 남자다움을 갖추어야 한다고 말합니다. 남자다움을 지탱해 주는 네 가지 요소를 골고루 갖춘 사람을 일컬어 아버지라 부를 수 있다고 합니다. 그 네 가지 요소 중 첫째는 '왕'입니다. 왕은 백성들의 필요를 공급해 주고 비전을 제시하여 올바른 방향으로 이끌어 가야 합니다. 이런 왕을 어진 왕이라 합니다. 왕의 역할이 왜곡되면 폭군으로 전락합니다. 폭군 아래 있는 백성에게는 하루하루가 지옥일 뿐입니다. 두 번째 요소는 '전사'입니다. 전사는 위기가 닥쳤을 때 보호할 대상을 위해 용감하게 싸웁니다. 전사다운 전사는 부드럽고 용맹합니다. 용맹스럽지 않으면 비겁자가 됩니다. 비겁자는 집 밖에서는 약하고 집안에서만 강한 척하며 살아갑니다. 세 번째 요소는 '스승'입니다. 스승은 삶으로 모범을 보이며 가르쳐야 할 덕목을 제대로 가르치고 훈련시켜야 합니다. 잘못된 길을 가고 있으면 올바른 길을 제시하고 격려하며 이끌어 주어야 합니다. 진정한 스승이 되지 않으면 위선자가 될 확률이 높습니다. 말과 행동이 다르게 살아가는 것입니다. 삶으로 본을 보여 주지 못하는 겁니다. 네 번째는 '친구'입니다. 친구는 때로는 다정하고 진실하게 삶을 함께 나누며 걸어가는 사람입니다. 상황에 따라 카멜레온처럼 변한 것이 아니라 한결같이 말하고 행동합니다. 기쁠 때는 함께 기뻐하고 슬플 때도 함께 슬퍼해 주는 사람입니다.

위와 같은 요소를 골고루 갖추고 있어야 아버지 역할을 제대로 감당할 수 있다는 것입니다. 그런데 많은 아버지들이 자신의 역할을 온전히 수행하지 못하고 있습니다. 그러다 보니 많은 자녀들이 아버지 때문에 아파하고 힘겨워합니다.

이 시대 아버지들에게도 할 말은 있습니다. 이들은 아버지 역할의 의미를 제대로 교육받지 못하는 경우가 부지기수였습니다. 어떤 역할을 해야 하는지 구체적으로 보고 배우지 못했기에 온전히 그 역할을 해내지 못했던 겁니다. 우리나라 근현대사를 보면 그럴 만도 합니다.

6·25 한국전쟁 후 우리나라는 폐허가 되었습니다. 폐허 속에서 가장 큰 문제는 물론 먹고사는 일입니다. 아버지들은 오직 가족을 먹여 살리겠다는 일념으로 새벽부터 밤중까지 일만 하며 살아야 했습니다. 가정에 신경 쓸 시간조차 없었습니다. 먹고사는 문제를 해결하는 것이 가장으로서 가장 큰 일이었습니다. 그러다 보면 가정에서 해야 할 역할도 제대로 할 수 없었습니다. 그 때문에 이제 갓 아버지가 된 자식들 역시 자신의 아버지처럼 행동하며 살아갑니다. 바람직한 아버지상을 보지 못했으니 당연한 일입니다. 그러나 이제는 달라져야 합니다. 아버지가 어떤 역할을 해야 하는지 제대로 배워 그 역할을 온전히 수행해야 합니다. 아버지는 자녀의 뿌리 그 자체이기 때문입니다.

아버지는 얼굴의 생김새만 물려준 것이 아니라 삶과 인격을 물려주고 있는 셈이다. 아버지의 유전자는 자녀들의 삶을 휘어잡을 만큼 거대하고 강하고 끈질기다.

—『아버지 사랑합니다』, 김성묵, 두란노 p78

아버지의 삶을 이해하려면 아버지에 대한 글을 써 봐야 합니다. 그 삶을 들여다보며 글로 풀어내야 합니다. 아버지의 탄생과 성장 과정을 살펴보며 글로 쓰다 보면 자연스레 아버지 삶이 이해됩니다. 아버지의 삶이 이해되면 자신의 삶도 이해할 수 있습니다. 그러면 변화는 당연히 뒤따릅니다.

다음은 흑인 인권을 위해 삶을 헌신한 마틴 루터 킹의 이야기입니다. 그는 자신의 진로 결정이 아버지의 영향이었음을 자신의 책에 서술하고 있습니다.

아버지는 에버니저 침례교회 목사로 재직하면서 흑인 사회에 많은 영향을 미쳤다. 백인들 중에도 아버지를 존경하는 사람들이 많았다. 아버지는 물리적인 공격을 받은 적도 없었는데, 이 점은 흑백 차별의 긴장감 속에서 자란 우리 형제들에게는 신기한 일이었다. 내가 흑백 분리 제도의 부당성과 부도덕성을 확신하게 된 것은 이런 가정환경에서 자라났기에 자연스러운 결과였다. (중략) 내가 성직자가 된 데는 아버지의 영향이 컸다. 아버지는 항상 내게 바람직한 성직자의 자세에 대해서 말씀해 주셨다. 하지만 내가 성직자의 길을 걷기로 결심한 것은 아버지에 대한 존경심 때문이었다. 나는 아버지가 몸소 실천하며 보여 주신 숭고한 성직자상을 감히 거부할 수 없었다. 성장기에 아버지에게서 발견한 숭고한 성직자상과 도덕적 이상형이 큰 영향을 미친 것 같다. 아버지가 보여 주신 성직자상은 진정으로 귀중한 가치가 있었다. 나는 신학 이론과 관련된 의혹에 빠져 있을 때에도 그 숭고한 성직자상을 벗어던질 수 없었다.

열아홉이 되던 해에 나는 대학을 졸업하고 신학교에 진학할 준비
를 시작했다.

—클레이본 카슨, 『마틴 루터 킹 자서전:
나에게는 꿈이 있습니다』(바다출판사, 2019)에서

여러분의 아버지는 어떤 분이었나요? 아버지로부터 물려받은
것은 무엇인가요? 아버지를 한마디로 표현한다면 어떤 단어가
떠오릅니까? 이 질문에 답을 내리려면 지금 당장 아버지의 삶에
대한 자료를 수집하십시오. 생각만으로는 부족합니다. 글을 쓰려
면 생생한 기억과 자료가 필요합니다. 생생한 자료가 많을수록
이해하는 데 도움이 됩니다. 자료를 수집한 후에는 한 페이지든
두 페이지든, 아버지의 삶을 조망하며 반드시 글로 써 봐야 합니
다. 써 봐야 보이기 때문입니다. 이해도 됩니다. 자신에게 아픈 상
처를 준 것도 용서할 수 있습니다. 이것은 오직 쓰는 사람에게만
주어지는 선물입니다.

지붕, 어머니에 대하여

‘엄마’, ‘어머니’는 세계에서 가장 친근한 말입니다. 언제 들어도 가슴 뭉클하고 코끝이 찡해지는 단어죠. 어머니 삶에는 사랑과 희생, 헌신이 깃들여 있기 때문일 겁니다.

2008년 출간된 신경숙의 장편소설 『엄마를 부탁해』(창비, 2008)는 엄마에 대한 감수성을 불러일으키기에 충분했습니다. 출간되자마자 베스트셀러가 되었고 현재 212만 부의 판매고를 기록했습니다. 2011년에는 영문판 『Please Look After Mom』이라는 이름으로 출간되었고 전 세계 36개국에 번역 출판되었습니다. 2018년에는 미국 드라마 제작을 위한 판권을 계약했습니다. 계약을 주도한 블루 자 픽처스 프로듀서이자 디렉터 줄리 앤 로빈슨은 “엄마를 잃고 그에 대한 죄책감으로 곤경에 처한 한 가족의 여정을 하루 빨리 영상으로 옮기고 싶다.”라고 말했습니다. 삶의 방식은 다르지만 엄마를 향한 감정은 세계 어디에서나 통한다는 것을 의미일 겁니다. 어머니는 아버지보다 더 자녀의 삶에 큰 영향을 줍니다. 어머니는 자녀들이 살아가는 데 필요한 영양분을 공급하는 자리에 있기 때문입니다. 그런 어머니의 삶을 이해할 수 있어야 자신의 삶도 이해됩니다.

어머니가 자녀에게 풍성하고 의미 있는 자양분을 제공하려면 먼저 부부 사이가 온전해야 합니다. 부부 사이가 좋지 않으면 자녀에게 좋은 성분의 영양분을 공급해 줄 수 없습니다. 그래서 가정에서 여성이 감당해야 하는 여러 역할에 대한 이해가 필요합니다. 먼저 한 남자의 아내로서 역할은 무엇인지 살펴보겠습니다.

아내는 남편을 돕는 배필입니다. 돕는 사람은 오히려 더 큰 힘을 필요로 합니다. 돕는 사람의 영향력에 따라 도움을 받는 사람의 역량도 달라집니다. 단순히 물리적인 힘이 아니라 온유함과 따뜻함을 가지고 남편을 세워 주는 것을 의미합니다. 남편을 온전히 세워 주려면 자녀들 앞에서 아버지의 위상을 높여 줘야 합니다. 아버지가 자녀의 뿌리이기 때문입니다. 아버지를 비난하는 것은 자녀들의 뿌리를 자르는 것과 같습니다. 속상하더라도 자녀들에게 아버지의 긍정적인 상을 심어 주어야 합니다. 그렇지 않으면 자녀들이 아버지를 부정적으로 인식하게 됩니다. 아버지의 권위를 인정하지 않는 자녀는 사회생활에서 자신을 책임지고 있는 사람과 관계를 잘 맺지 못합니다.

인생을 좌우하는 성품은 가정에서 완성됩니다. 부부 삶의 모습과 부모와의 관계 속에서 성품이 형성됩니다. 특히 어머니가 자녀에게 아버지상을 어떻게 만들어 주느냐에 따라 자존감 척도가 달라진다고 합니다. 자존감은 내가 다른 사람에게 사랑받을 만한 존재라는 '자기 가치'와 주어진 일은 무엇이나 할 수 있다고 믿는 '자신감'을 아울러 이르는 말입니다. 부모의 양육 태도로 자존감이 형성되는 거지요. 올바른 자녀 교육의 시작은 양질의 교육 환경을 제공해 주는 것이 아니라 행복한 부부의 모습을 보여 주는데 있습니다. 부부가 서로 존중하고 살아가는 모습에서 자녀들의 성품이 완성되기 때문입니다.

아버지가 자녀의 뿌리라면 어머니는 뿌리에 영양분을 공급해 주는 실질적인 역할을 합니다. 그 역할의 중심에는 사랑이 자리 잡고 있습니다. 자녀를 사랑하지 않는 어머니는 없습니다. 다만 사랑의 방법에 차이가 있을 뿐입니다. 자녀를 너무 사랑해 하는 행동들이 때로는 왜곡이 돼 자녀들에게 아픔과 상처를 주기도 합니다. 그래서 진정한 사랑이 어떤 것인지 알아야 합니다. 참사랑의 의미를 알아야 어머니도 이해하고 나아가 자기 삶도 이해할 수 있으니까요. 미국의 정신과 의사인 M. 스콧 펙 박사는 『아직도 가야 할 길』(율리시즈, 2011)에서 사랑의 정의를 이렇게 내립니다. "사랑은 자기 자신이나 다른 사람의 정신적 성장을 도와줄 목적으로 자신을 확대해 나가려는 의지이며 행위로 표현되는 만큼만이 사랑이다."

자녀를 사랑한다고 하면서 독립적이고 성숙한 인격체로 성장하지 못하도록 하는 것은 참사랑이 아닙니다. 더 중요한 것은 사랑은 느낌이 아니라 의지이며 행동인 거지요. 마음은 사랑하는데 행동이 상대방이 성장하지 못하도록 하는 것은 사랑이 아니라 볼 수 있습니다. 진정한 사랑은 대상을 성장시키는 데 있습니다.

어머니의 역할은 참 다양합니다. 현명한 아내 역할, 자녀에게 참사랑을 주어야 하는 엄마 역할, 때로는 며느리나 한 집안의 딸 역할도 감당해야 합니다. 여러 역할을 감당하며 최선을 다하지만 여자의 일생을 그리 순탄치만은 않습니다. 가족을 지탱하는 중요한 존재이지만 실제로는 가장 밑바닥에서 희생하며 참아야 하는 존재로 살아왔습니다. 가족들도 어머니의 희생은 당연하게 생각하며 삽니다. 모든 면에서 어머니의 몫은 없는 거나 마찬가지였습니다. 남편의 입신양명(立身揚名), 자녀의 대학 입시, 취업, 결혼 후 손자들의 양육까지 떠안아야 하는 실정입니다. 꿈 많던 여자의 일생은 사라지고 희생하고 헌신하는 삶으로 점철된 것입니다. 그런 어머니의 삶은 고스란히 자녀들에게 전해져 인생을 바라보는 태도와 가치관이 형성되었습니다.

여러분의 어머니는 어떤 삶을 살았습니까? 아버지와의 관계는 어떠했나요? 시부모와는 어떤 사이였습니까? 한 여자로서 행복한 삶을 살았습니까? 아니면 일평생 가족을 위해 헌신하는 삶을 살았습니까? 그런 어머니의 삶이 자신에게 어떤 영향을 끼쳤다고 생각합니까? 어머니의 인생을 볼 때 불현듯 내 삶에서 발견되는 것은 무엇입니까? 이 모든 질문과 답변을 표면적으로 드러나는 현상만 훑어서는 알 수가 없습니다. 글로 써야 직관적으로 이해됩니다. 글을 써야 비로소 어머니 삶을 온전히 직면하게 됩니다. 자기 삶의 본질을 볼 수 있도록 이끌어 줍니다. 그러니 어머니의 삶이 자신에게 끼친 영향과 더불어 그것이 자기 삶으로 나타난 것들을 글로 써 보세요. 그러다 보면 자신의 삶이 보이고 삶의 진실들이 하나둘 존재를 드러낼 것입니다.

다음 글은 말년에 조화로운 삶을 추구하며 살았던 스콧 니어링의 글입니다. 스콧 니어링은 자신이 교육자로 살 수 있었던 것이 어머니의 영향이었다는 것을 고백합니다. 그 의미를 잘 살피며 여러분 삶의 이야기를 풀어내 보십시오.

내 최초의 스승은 어머니였다. 어머니는 열여덟 살에 결혼하여, 뉴욕 시에서 20마일가량 떨어진 쾌적한 교외에 있던 친정집을 떠나 펜실베이니아 북부의 험하고 가파른 아팔라치 산맥에 위치한 모리스런 탄광 벌목촌으로 왔다. (중략) 어머니는 거칠디 거친 황무지를 경작하느라 분주한 외중에 우리 여섯 남매를 세상에 내놓으셨다. 어머니는 '어머니'로서의 역할을 퍽 진지하게 수행하셨다. 우리를 위해 꼼꼼히 계획을 세워 먹이고 입히고 가르치셨으며, 목숨이 다하는 날까지 우리 육남매의 관계가 소원해지지 않도록 신경을 쓰셨다. (중략) 내가 폭넓은 교육을 받을 수 있었던 것은 어머니의 지칠 줄 모르는 노력 덕분이었다. 어머니는 나의 첫 스승으로서 내 삶과 인생관에 각인되어 있다. 어머니는 가족과 함께 그리고 무엇보다도 가족을 위해 살았다. 어머니가 70대에 삶을 마감했을 때, 나로서는 친한 친구이자 현명한 의논 상대를 잃은 셈이었다.

　　　　　　　　—스콧 니어링, 『스콧 니어링 자서전』(실천문학사, 2000)에서

내 인생을 한눈으로 보는 연대표

✒ 삶을 이해하는 방법은 다양합니다. 누군가에게 들은 이 야기로, 스스로 지나온 삶의 흔적을 면밀히 살펴 이해하기도 합 니다. 빛바랜 사진, 끼적인 낙서와 일기장, 받은 상장으로도 이해 할 수 있습니다. 부모님의 삶, 즉 자기 삶의 시작점을 통해서도 어 떤 인생인지 이해가 가능합니다. 다양한 도구들이 삶을 이해하는 단서를 제공합니다만, 대부분은 단면에 그칩니다. 물론 지혜로운 사람은 삶의 단면을 보고 인생 전체를 조망하기도 합니다. 하지 만 쉽지 않은 일입니다. 제대로 된 의미 있는 해석이 아니라면 오 히려 삶을 왜곡할 수 있습니다. 코끼리 다리를 만지고 코끼리가 어떻게 생겼는지 말하는 것과 다를 바 없습니다. 골짜기를 보고 숲을 이해하기는 어려운 노릇이니까요.

자기 인생을 의미 있게 해석하려면 인생 전체를 조망해 볼 수 있어야 합니다. 자기 인생의 씨줄과 날줄을 한눈에 파악할 수 있 어야 올바른 이해가 가능합니다. 그렇게 인생 전체를 한눈에 파 악할 수 있는 도구가 바로 연대표입니다. 삶의 시작점부터 현재 에 이르기까지 전체를 보는 것은 인공위성으로 자기 삶을 바라보 게 하는 효과를 안겨 줍니다. 연대표의 장점은 시간의 흐름에 따 라 자신을 살필 수 있다는 점입니다. 연대표는 자기 삶의 인과관 계를 두루 살필 수 있도록 유도해 줍니다. 개인 삶의 이야기, 가족과 엉킨 삶의 실타래, 사회적 변화로 인한 삶의 영향을 한눈에 검토할 수 있도록 단서를 직관적으로 제공합니다. 거시적 관점과 미시적인 관점을 아울러 제공해 줍니다. 시간의 흐름에 따라 시계태엽을 감다 보면 인공위성에서 바라보는 것처럼 자기 인생을 한눈으로 보고 이해할 수 있어집니다.

연대표는 자기 삶을 이해하는 데뿐 아니라 글감을 찾는 데도 탁월한 도구입니다. 자기 인생의 주제를 현명하게 찾아낼 수 있게 해 주죠. 다양한 삶의 재료로 어떤 주제의 인생 요리를 만들지 알도록 이끌어 줍니다. 어떤 재료를 활용하면 맛깔난 인생 요리를 만들 수 있을지도 알려 줍니다. 꼼꼼하게 정리한 연대표는 최고의 글감 창고입니다. 글 가뭄을 해소할 샘물인 셈입니다.

자기 삶의 이야기를 풀어낼 때 고민하는 사람은 대개 두 부류로 나뉩니다. 쓸거리는 확보되었는데 표현력이 부족한 사람과 쓸거리가 없어 힘들어하는 사람이지요. 어떤 사람이 더 자기 삶의 실타래를 풀어내기 힘들까요. 기술적인 부분은 방법을 배워 훈련하면 가능합니다. 어떻게 써야 할지 고민의 흔적이 있는 사람은 효과적인 기술 몇 가지만으로도 금방 문제가 해결됩니다. 그러나 쓸거리가 없어 고민하는 사람은 단기간에 문제를 해결하기 힘듭니다. 오랜 기간을 준비해야 비로소 쓸거리를 확보할 수 있게 됩니다. 그런 의미에서 연대표는 삶의 이해를 넘어 쓸거리까지 확보할 수 있는 효과적인 도구입니다.

다음은 제가 자주 활용하는 연대표 양식인데 최대한 꼼꼼히 정리하길 권합니다. 연대표에 삶의 씨줄과 날줄을 채워 가는 동안 자신만의 글쓰기 소재에 대한 개념이 생성되기 때문입니다. 삶의 이야기를 채집하는 과정에서 흩어져 있던 삶의 편린들이 이해되고 체계화됩니다. 채집된 삶의 단면을 직조하다 보면 인생의 주제를 찾아낼 수 있을 것입니다. 연대표에 축적된 이야기는 취사선택해 활용하면 됩니다. 연대표를 작성하기 전에 리서치와 자료 수집은 필수입니다. 가까운 가족과 친지를 만나 리서치해야 합니다. 추억이 담긴 물건, 옷, 이불, 기념품, 사진, 일기장, 메모장, 교과서, 책 등도 살펴세요. 물건들이 삶을 이해하는 단서를 제공해 주기 때문에 결코 소홀히 생각해서는 안 됩니다.

　연대표 작성 첫째는 태어난 연도를 적는 것입니다. 시간의 흐름에 따라 정리하면 인생을 이해하기 훨씬 쉬워지므로 내림차순으로 정리해 나가야 합니다. 나이 옆 칸에 태어난 연도를 적으며 시대별(유년기~노년기)로 구분된 인생 이야기를 채워 넣어 보세요.
　둘째, 개인적인 이야기 칸을 채워야 합니다. 개인적인 이야기 칸에는 자신과 관련된 모든 이야기를 담아내야 합니다. 되도록 빠짐없이 인생의 이야기를 대변할 수 있는 키워드를 적어 넣으면 됩니다. 대표적인 삶의 이야기는 질병, 사건 사고, 꿈이 형성되고 이루어진 과정, 직업인으로서 삶, 이사, 사업 인생의 목표, 여행, 삶의 전환점, 다양한 일화도 포함시키면 좋습니다. 삶의 이해하는 데 도움이 되는 것들이라면 모두 적는 겁니다.
　셋째, 가족 이야기를 채워 넣습니다. 우리는 보통 가족이라는 울타리 안에서 성격과 가치관이 형성됩니다. 삶을 대하는 태도도 배웁니다. 내면의 아픈 상처들도 가족을 통해 받는 경우가 많습니다. 원하든 원치 않든 가족의 영향 속에서 살아갈 수밖에 없습니다. 그렇기에 가족의 삶을 들여다보지 않고는 자신의 삶도 이해할 수 없게 되는 거지요. 특히 내 삶에 직접적인 영향을 끼쳤던 가족 이야기는 모두 적어야 합니다. 각 시대, 시기별로 어떤 이야기들이 전개되고 만들어졌는지를 살펴 적을 때 효과적으로 자기 삶을 들여다볼 수 있습니다.

넷째, 각 시대와 시기에 따른 사회적 이슈도 적어 넣습니다. 사회적인 상황도 자기 삶에 적잖은 영향을 끼치기 때문입니다. 6·25 전쟁을 경험한 세대들은 당시 사회적 상황에 따라 굴곡진 인생을 살아올 수밖에 없었습니다. 민주화, 학생 운동, IMF, 월드컵, 올림픽, 촛불 혁명, 호흡기 질환 전염 등 다양한 사회적 이슈들은 삶에 스며듭니다. 사회적 상황을 통해 내 삶의 기억이 더욱 생생하게 살아날 수도 있으므로 빠뜨리지 말고 칸을 채워야 합니다.

이렇게 빈칸을 채우다 보면 인생 전체를 한눈에 파악할 수 있게 됩니다. 인생을 조망해 자신이 어떻게 살아왔는지 파악이 가능합니다. 본인 삶을 이해하는 최고의 도구가 되어 줍니다. 또한 자신이 쓰려는 주제에 걸맞은 글감도 확보할 수 있으니 꼭 활용하길 권합니다.

내 인생의 조망 연대표

시대	나이	출생 연도	개인적인 이야기 질병, 사건 사고, 이사, 꿈, 직업, 사업, 인생의 목표, 에피소드 등	가족 이야기 조부모, 부모, 배우자, 자녀 및 가족과 관련된 이야기	사회적 이슈 사회적 사건이 자신의 삶에 끼친 영향 정리
유년기	1				
	2				
	3				
	4				
	5				
	6				
	7				
소년기	8				
	9				
	10				
	11				
	12				
	13				
청소년기	14				
	15				
	16				
	17				
	18				
	19				
	20				
	21				
	22				
	23				

청년기	24			
	25			
	26			
	27			
	28			
	29			
	30			
	31			
	32			
	33			
	34			
	35			
중년기	36			
	37			
	38			
	39			
	40			
	41			
	42			
	43			
	44			
	45			
	46			
	47			
	48			
	49			
	50			

인생의 마지막 지점에서 보는 삶

🖋 삶을 이해하려면 근원을 파헤치고, 부모님의 삶도 살펴야 합니다. 인생 전체를 조망하는 작업도 중요합니다. 그러나 한층 의미 있게 삶을 이해하려면 인생의 마지막 지점을 생각해 보는 것이 꽤 도움이 됩니다. 삶을 마감하는 때가 가까워지면 인생에서 진짜 중요한 것이 무엇인지, 무엇을 추구하며 살아야 하는지 발견하게 됩니다. 더 이상 삶을 이어 갈 수 없다는 절박한 심정은 살아온 날의 흔적들을 면밀히 살펴 자기 삶을 온전히 이해하도록 이끕니다. 인생의 마지막 지점을 생각한다는 것은 삶을 끝낸다는 뜻이 아닙니다. 인생의 성찰을 이끌어 내기 위한 하나의 방편일 뿐입니다. 그러니 우울해하거나 슬퍼하지 마십시오. 삶의 끝자락에서 길어 낼 인생의 정수가 무엇인지를 살피는 도구로 활용하시면 됩니다. 인생의 마지막 지점을 생각한다는 것은 결국 현재를 살아가는 가장 괜찮은 방법을 생각하게 하니까요.

서른두 살의 젊은 나이에 삶을 마감한 푸단 대학의 교수 위지안이 있습니다. 그녀는 삶의 정점에서 시한부 암 선고를 받습니다. 교수 출신의 남편을 만나고 눈에 넣어도 아프지 않을 아들도 낳습니다. 정부 주도 프로젝트의 책임자로 선정돼 열정을 불태우다 시한부 삶을 살게 됩니다. 그는 살아갈 날이 많지 않음을 직감하고 글쓰기로 자기 인생을 정리합니다. 블로그에 삶의 끝에 서서 자신이 알게 된 것들을 풀어냅니다.

- 만일 나에게 허락된 생이 여기까지라면, 그것만으로도 의미가 있을 것이다. 부모로부터, 남편으로부터, 그리고 친구들로부터 인간이 받을 수 있는 가장 위대한 사랑을 오롯이 껴안은 채 떠날 수 있는 최고의 행복을 누렸으니까.

- 먼 훗날 내가 사랑했던 모든 사람들이 나를 떠올릴 때면, '최선을 다해 남겨진 시간을 즐겁고 활기차게 살았다.'라고 고개를 끄덕여 미소 지을 수 있으면 좋겠다.

- 자기 삶의 궤적이 다른 이들에게 조금이라도 바람직한 변화를 줄 수 있다면, 이 세상을 손톱만큼이라도 더 좋게 만들 수 있다면 그것으로도 충분하리라.

그녀는 인생을 관조하는 철학자의 성찰을 담아 소중한 메시지를 쏟아냅니다. 블로그에 연재된 글 하나에 10만 이상의 조회 수를 기록하기도 합니다. 살아 있는 동안에 미처 깨닫지 못했던 삶의 소중한 것들은 전 세계인의 마음을 뜨겁게 했습니다. 그의 이야기들은 『오늘 내가 살아갈 이유』(예담, 2011)라는 책으로 소개되어 많은 사람들의 마음을 울립니다. 인생의 마지막 지점에서 비로소 자기 삶을 이해하고 들여다볼 수 있었던 한 사람의 이야기가 가감 없이 그려져 있었기에 많은 이들의 공감이 가능했을 것입니다.

초대 문화부 장관을 지냈던 이어령 교수가 있습니다. 그는 교수, 비평가, 소설가, 시인, 칼럼니스트 등 수많은 이름표를 가지고 이 시대의 지성으로 살았습니다. 인생의 정수를 풀어내며 문화를 선도했습니다. 그런 그가 근래 암 선고를 받았습니다. 시한부 삶을 선고받고서야 비로소 인생에서 가장 농밀한 시기를 보내고 있다고 그는 주저없이 말합니다. 의미 있는 인생으로 마무리하기 위한 열정을 불태우고 있기에 던질 수 있는 말이었을 터입니다. 얼마 남지 않는 시간 동안 유언 같은 책을 쓰고 싶다며 인터뷰에서 이렇게 말합니다.

> 인간이 죽기 직전에 할 수 있는 유일한 일은 유언이다. 나의 유산이라면 땅이나 돈이 아니다. 머리와 가슴에 묻어 두었던 생각이다. 내게 남은 시간 동안 유언 같은 책을 완성하고 싶다.

수많은 책을 집필했지만 인생의 마지막 지점에서 쓸 책이 자신 최고의 책이 될 것이라는 확신이 엿보입니다. 인생에서 정말 중요한 것은 인생의 마지막 지점에서 볼 수 있을 겁니다. 우리는 삶이 얼마 남지 않았을 때에 비로소 인생의 참의미를 깨닫는 것 같습니다. 인생에서 진짜 중요하고 소중한 것이 무엇인지, 무엇을 위해 살아야 하는지를 말입니다. 이처럼 인생의 끝자락에, 자기 삶을 온전히 살필 기회가 선물처럼 찾아옵니다.

온전히 자기 삶을 이해하고 싶다면 인생의 마지막 지점에 있다고 가정하고 글을 써 보는 것이 필요합니다. 청춘이라도 죽음이 멀리 있는 것은 아니니까요. 후회되는 것, 삶 속에서 깨달은 지혜, 전수해 주고 싶은 인생의 가치, 이것만큼은 꼭 남기고 싶다고 생각하는 메시지를 풀어내 보십시오. 그런 시간 속에서 온전히 자신을 직면하고 성찰할 수 있을 것입니다. 인생에서 진짜 중요한 것이 무엇인지, 앞으로 어떤 것을 소중히 여기며 살아가야 할지 가늠도 됩니다. 더불어 삶도 이해할 수 있습니다. 삶에 대한 깊은 이해는 앞으로의 인생을 헤쳐 나가는 데 무기가 되어 줄 테니까요.

4

글은 쓰겠다는 결심이 무기가 된다

글쓰기 절반은 쓰겠다는 용기

청춘의 시기에 삶의 이야기를 쓰는 것이 여러모로 효과 있다는 사실은 지금쯤 와닿으실 듯합니다. 글쓰기가 내면의 아픈 상처를 치유하고 현재 삶을 이해하는 탁월한 도구라는 것도 발견했습니다. 나은 미래로 도약하는 가장 좋은 도구 역시 글쓰기입니다. 좋은 건 알겠는데 정작 쓰기가 쉽지 않습니다. 왜일까요?

첫째는 우리가 자기 마음을 보여 주기를 꺼리기 때문입니다. 켜켜이 쌓여 있는 삶의 단면들을 들춰낼 용기가 없는 겁니다. "거창한 삶도 아닌데 무슨 글을 끼적였다는 거야? 지나온 삶이 형편없는데, 이런 걸 글로 풀 자격은 되는 거야?" 이런 말들을 들을까 봐 두렵기도 합니다. 지난 과오와 아픈 상처를 들킬까 봐, 그 이야기로 입방아에 오르기 싫어 펜을 들지 않습니다. 누군가가 무심코 던진 말이 비수가 돼 폐부를 찌를 위험을 감수해야 합니다. 부정적인 말은 깊이 각인될 테고, 오히려 쓰지 않았다면 좋았겠다는 후회를 하게 될지도 모릅니다. 그래서 자기 삶을 토대로 글을 쓰려고 하지 않습니다.

둘째는 글을 쓴 후 누군가에게 들을 평가가 부담스러워서입니다. 쉽게 시작하기가 어렵습니다. 가만히 살펴보면 대다수 사람들이 글과 관련된 좋은 기억이 없습니다. 일기와 독서 감상문이 원인을 제공했습니다. 학교 다닐 때 일기를 쓰고 나서 좋은 평을 들지 못한 기억들이 누구나 한두 번은 있을 것입니다. 한 달치를 하루 만에 써서 생긴 참사이기는 했지만, 성의껏 써 가도 칭찬만 기다리는 것은 아니었겠지요. 어제와 내용이 똑같다, 한 일만 적고 느낀 점은 없다 등 다양한 이유로 혼이 나기 일쑤였을 겁니다. 독서 감상문도 다르지 않습니다. 어디서 베낀 것 아니냐, 내용만 쓰고 감동과 느낌은 없다 등의 지적은 글을 쓸 필요에서 멀어지게 하기 충분했습니다. 글을 쓴 후 받은 부정적인 평가가 기억 속에 각인돼 글쓰기에서 어느덧 멀어져 온 것일지도 모릅니다.

셋째는 잘못 쓸 것 같다는 두려움이 원인입니다. 써 보지도 않고 못 쓸 것이라고 단정 지어 버립니다. 사실 글쓰기에는 고도의 정신 훈련이 동반됩니다. 종합적인 사고 능력도 요구됩니다. 먼저 쓸거리를 생각해 주제를 정해야 하고, 그 생각에 걸맞은 어휘를 찾아야 합니다. 문장과 문단, 논리적인 구성, 전체적인 짜임새까지 생각해야 좋은 글을 쓸 수 있습니다. 이런 일련의 과정이 두려워 시도조차 않는 것입니다.

넷째는 투자한 시간 대비 효과를 체감하기 어려워서입니다. 글을 잘 쓰려면 훈련이 필요합니다. 진득하게 앉아 읽고 쓰기를 반복해야 하죠. 편지 한 장을 쓰려 해도 한 시간 이상은 족히 투자해야 합니다. 그렇게 투자해도 잘 써진다는 보장이 없습니다. 글을 쓴 후 자신의 글을 읽다 마음에 들지 않으면 다시 써야 합니다. 읽고 고치는 시간까지 생각하면 꽤 많은 시간을 공들여야 합니다. 그럼에도 자신할 수 없습니다. 얼마나 더 많은 시간을 투자해야 원하는 결과를 가져올지 말입니다. 이런 이유들이 글을 쓰는 자

글은 쓰겠다는 결심이 무기가 된다

리로 가지 못하게 합니다.

그럼 어떻게 하면 내 삶을 토대로 글을 쓰고 변화된 삶을 살 수 있을까요? 용기를 갖는 것이 첫째입니다. 마음을 보여 준 후 반응을 겸허히 받아들이겠다는 자세가 필요합니다. 사실 다른 사람들은 내 삶에 별 관심이 없습니다. 내가 써 놓은 글에 크게 관심을 가지지 않습니다. 차창 밖으로 보이는 간판을 읽은 것처럼 후루룩 읽고 끝납니다. 한두 사람이 아무 생각 없이 던진 말을 내가 마음에 담아 두고 오랜 시간 묵상해 부정적인 영향으로 가져오는 것입니다. 그런 이야기가 들리면 한 귀로 듣고 한 귀로 흘려보내면 그만입니다. 이런 마음은 내면의 상처 치유가 돼야 가능해집니다. 자기 삶을 토대로 글을 쓰려면 내면에 깊이 뿌리내린 쓴 뿌리를 제거해야 됩니다. 내면의 상처에서 자유롭지 못하면 내 삶을 토대로 글을 풀어내기가 한층 어렵기 때문입니다.

저는 첫 책을 계약하기 일 년 전에 제 삶의 이야기를 글로 풀어낸 적이 있습니다. 그 과정에서 삶을 이해하고 아픈 상처도 치유할 수 있었습니다. 그렇게 삶의 이야기를 가감 없이 풀어내자 용기가 생기더군요. 그 용기를 발판 삼아 대중적인 글쓰기를 시작했습니다. 글쓰기로 인생을 설계하는 과정을 글로 풀어내 대형 출판사와 계약을 했습니다. 그 후로 8년 동안 16권에 달하는 책을 집필했습니다. 글쓰기를 전문적으로 배우지 않은 제가 이렇게 작가가 될 수 있었던 요인은 내 마음을 그대로 보여 주기를 감행했기 때문입니다.

둘째, 다른 사람들의 평가를 수용할 용기가 필요합니다. 글은 혼자 읽으려고 쓰는 경우가 드뭅니다. 반드시 독자가 있습니다. 입사 자기소개서는 회사 인력 관리부서가, 대학은 입시 담당자가 읽습니다. 리포트는 교수가 읽습니다. 반드시 읽어 줄 분들이 있습니다. 독자를 생각하며 쓴 글은 평가가 뒤따르기 마련입니다. 그래서 평가받는 것을 두려워해서는 안 됩니다. 긍정적인 평가에는 겸손하게, 부정적인 평가는 겸허히 받아들이면 됩니다. 부족한 부분은 보완하고, 잘했다고 칭찬한 점은 발전시키면 됩니다. 글은 호평과 혹평에 일희일비하지 않아야 쓸 수 있습니다. 누군가의 평가에 흔들리면 글을 쓰고 싶은 마음도 들지 않습니다. 결국 변명과 핑계를 일삼다 글과 멀어지고 맙니다. 그러니 다른 사람의 평가보다 자신을 믿고 글을 써야 합니다.

셋째는 두려움을 이길 용기를 품는 겁니다. 두려움은 실재하지 않는 것을 미리 걱정하는 불안한 감정입니다. 아직 일어나지 않은 일을 미리 걱정하고 염려하는 심리입니다. 세계적인 심리학자 브렌다 쇼샤나는 『걱정 버리기 연습』(예문, 2014)에서 말합니다.

불안에 상상력이 발휘된 결과 실재하는 위험뿐만 아니라 위험할 '수' 있는 것, 위험할 '지도' 모르는 것들이 머릿속을 잠식한다. 걱정을 털어 내려 해도 생각처럼 되지 않는 건, 그것이 불안이라는 본능에 거머리처럼 딱 붙어 있기 때문이다. 이처럼 걱정은 불안이 생각을 만나 부풀려진 결과이다.

아직 일어나지 않은 일에 반응하는 태도가 인생의 향방을 결정

합니다. 두려움에 휩싸여 있으면 시도조차 하지 못합니다. 시도를 해 봐야 잘하는지 못하는지 알 수 있습니다. 노력하고 훈련하면 될지 안 될지 가늠됩니다. 삶에 변화를 추구하려면 두려움에서 해방돼야 합니다.

미국의 전설적인 홈런왕 베이브 루스는 평생 714개의 홈런을 쳤습니다. 삼진도 1330번이나 당했습니다. 홈런 수보다 삼진을 당한 횟수가 많습니다. 그가 삼진을 당한 기억 때문에 방망이를 휘두르는 것을 두려워했다면 결코 홈런왕이 될 수 없었을 겁니다. 미국의 16대 대통령인 에이브러햄 링컨도 늘 실패하던 사람이었습니다. 많은 선거에서 패배했고, 자녀 둘이 먼저 세상을 떠났습니다. 그러나 아픔과 실패 뒤에 숨어 두려워하지 않았습니다. 걱정과 염려 속에서 살았다면 그는 역사상 가장 위대한 대통령이 되지 못했을 겁니다.

글쓰기는 수영과 비슷합니다. 수영 초보자가 가장 힘들어하는 것은 물에 대한 두려움입니다. 두려움을 가지면 몸이 부자연스러워지고 발과 손을 쉴 새 없이 움직여도 이내 가라앉고 맙니다. 대신 몸을 물에 맡기고 마음을 편안하게 두면 자연스럽게 수영이 가능해집니다. 글쓰기도 문장의 구성과 문단 쓰기, 문법 등을 아무리 잘 익힌다 해도 두려움을 갖고 있으면 한 문장 쓰기도 벅찹니다. 대신 생각을 펜에 맡기고 쓰다 보면 완성된 글을 만날 수 있습니다.

넷째는 투자 대비 비효율적이지만 가장 확실한 투자가 글쓰기입니다. 글을 잘 쓰게 되면 얻는 효과가 다른 어느 것보다 탁월합니다. 세상에서 실력 있는 사람, 능력 있는 사람을 구분하는 것도 표현 능력입니다. 말과 글로 실력을 평가받습니다. 특히 4차 산업 혁명 시대에 필요한 인재는 의사소통 능력이 원활한 사람입니다. 자신이 생각하는 가치와 생각, 창의적인 산물을 효과적으로 표현하는 데 능숙해야 합니다. 자기를 증명해야 하느라 바쁜 틈에 소홀해질 수 있는 글쓰기가 실은 자기를 가장 온전히 증명할 수 있는 도구일지 모릅니다.

시작은 쓰고 싶은 글을 그냥 적어 보는 것입니다. 용기를 가지고 지금 자신의 생각, 고민, 문제, 행복, 바람, 아픔 등을 단 한 줄이라도 글로 적는 걸로 시작하면 됩니다. '그런다고 뭐가 달라지겠어?'라는 생각은 접어 두고 내 삶을 들여다보는 위치에서 한번 봐주며 보이고 떠오르는 생각을 적는 것입니다. 독서량이 적어서, 바빠서, 글쓰기 능력이 안 돼서라는 핑계와 변명거리는 던져 버리고 한 문장이라도 적어 보겠다는 용기가 필요합니다. 그 용기에서 변화의 싹이 벌써 움트기 시작합니다.

동기는 자신을 움직이는 힘

✒ 세상의 모든 변화는 동기에서 시작됩니다. 동기는 세상과 자신을 움직이는 동력입니다. 동기가 부여되면 뜯어말려도 스스로 움직입니다. 그 의미를 영국 웨스트민스터 대성당 지하 묘비에 적힌 글귀에서 찾아도 좋을 것 같습니다.

젊고 자유로워서 상상력에 한계가 없을 때 나는 세상을 변화시키겠다는 꿈을 가졌다. 더 나이가 들고 지혜를 얻었을 때는 세상이 변하지 않으리라는 것을 알았다. 그래서 시야를 약간 좁혀 내가 사는 나라를 변화시키겠다고 결심했다. 그러나 그것 역시 불가능한 일이었다. 황혼의 나이가 되었을 때 나는 마지막 시도로, 나와 가장 가까운 내 가족을 변화시키겠다고 마음을 정했다. 그러나 아무것도 달라지지 않았다. 이제 죽음을 맞이하기 위해 자리에 누운 나는 문득 깨닫는다. 만약 내가 나 자신을 먼저 변화시켰더라면, 그것을 보고 내 가족이 변화되었을 것을……. 또한 그것에 용기를 내어 내 나라를 좀 더 좋은 곳으로 바꿀 수 있었을 것을……. 그리고 누가 아는가? 세상까지도 변화되었을지!

변화의 시작은 결국 자기 내면으로부터 비롯됨을 이야기하고 있습니다. 내가 변하면 그 모습을 보고 가족도 나라도 변화될 수 있었겠다는 깨달음입니다. 맞습니다. 세상의 모든 변화는 나로부터 시작됩니다. 자기 내면에서 변화해야 할 이유를 찾는 것이 중요합니다. 이유가 동기를 부여하는 촉매이기 때문입니다.

글쓰기가 중요하다는 데 동의하실 것입니다. 그러나 아는 것만으로 글을 쓰는 동력을 얻기는 힘듭니다. 글쓰기는 힘겨운 사투를 벌여야 완성할 수 있기 때문입니다. 글은 어떻게 써야 하는지 정답이 없습니다. 어느 정도 노력을 기울여야 의미 있는 성과를 올릴 수 있을지 예측도 불가능합니다. 시간 투자도 필요합니다. 글로 변화를 추구할 수 있을지 가늠조차 어려워 지속적으로 글을 쓰지 못한 것입니다. 누군가의 조언으로 글을 시작할 수는 있습니다. 글을 쓰면 삶을 변화시킬 수 있다고 생각해 펜을 듭니다. 그러나 작심삼일에 그치는 경우가 대부분입니다. 왜 그럴까요? 글을 써야 하는 분명한 이유를 발견하지 못해서입니다. 용기를 내어 도전해도 스스로 글을 써야 하는 이유를 찾지 못하면 지속해서 쓰기 힘듭니다. 자기 삶에 글쓰기가 왜 필요한지 간절한 이유를 찾아야 지속적인 글쓰기로 본격적인 변화를 일으킬 수 있습니다.

인도의 수다사투어 바수가 쓴 『허수아비의 노래』(알라딘북스, 2008)라는 짧은 그림 동화책이 있습니다. 동화에는 옥수수 밭을 지키는 허수아비가 나옵니다. 허수아비는 허구한 날 같은 자리에서 옥수수 밭을 지켜야 했습니다. 자기 삶이 불행하다고 생각한 허수아비는 옥수수 밭을 떠나기로 결정합니다. 자유를 찾아 길을 나선 허수아비는 암소를 만납니다. 함께 산책을 하자고 했지만 암소는 아기와 주인에게 우유를 줘야 한다며 돌아가고 맙니다. 호수를 건너기 위해 배를 타고 가다 물고기를 만나 같이 배를 타고 가자고 합니다. 그러나 물고기는 물속을 벗어나면 안 된다며 거절합니다. 그래도 괜찮았습니다. 자유가 있었기 때문입니다. 시간이 흐른 어느 날, 허수아비는 오곡이 물들어 가는 황금 들녘을 봅니다. 문득 자신이 서 있었던 옥수수 밭이 생각나 그곳으로 가 보았습니다. 알곡으로 영글어 있어야 할 옥수수 밭은 자신이 자리를 비운 사이 엉망이 되었습니다. 그래서 허수아비는 다시 밭에 남기로 결정합니다. 그런데 행복했습니다. 똑같은 옥수수 밭에 서 있지만 일찍이는 불행했고, 이제는 행복합니다. 그 이유가 무엇일까요? 전자는 의무였지만 후자는 스스로의 선택이었기 때문입니다. 옥수수 밭에 있어야 할 이유를 찾은 뒤에 허수아비는 진정 행복할 수 있었던 것입니다.

글쓰기도 다르지 않습니다. 자신과의 힘겨운 사투에서 승리하려면 글을 써야 하는 자기만의 이유를 발견해야 합니다. 누군가의 의지로 펜을 든 것이 아니라 자신의 의지와 선택으로 펜을 들었을 때 의미 있는 결과물을 얻을 수 있습니다. 글을 써야 될 동기를 발견하기 위해 어떻게 하면 좋을까요?

첫째, 자신을 위해서 쓰는 것입니다. 글을 써서 다른 사람에게 유익함을 주겠다는 목표도 좋습니다. 그러나 그보다 우선되어야 할 것이 있습니다. 글을 쓰면 정작 자신에게 어떤 도움이 될지 생각해 보는 겁니다. 자신에게 유익이 되면 쓰지 말라고 뜯어말려도 씁니다. 골치가 아파 쓰기 싫어도 펜을 듭니다. 그러니 글을 썼을 때 자신에게 어떤 도움이 되는지를 찾아야 합니다. 그것이 제일 좋은 동기 부여 방법입니다.

둘째, 글쓰기로 이룰 궁극적인 목표를 발견하는 것입니다. 글을 써서 최종적으로 도달하고 싶은 목표가 무엇인지에 대해 답을 찾아야 합니다. 글쓰기로 자신의 삶을 돋보이게 한다든지, 사회생활 하는 데 도움이 되는 능력을 키우겠다든지, 자기 삶의 이야기를 토대로 책을 써 보겠다든지, 블로그에 글을 써서 자신을 돋보이게 한다든지 자기만의 이유를 하나 정해 보는 겁니다. 이것은 글을 왜 써야 하는지 물음에 답하는 과정과 같습니다. '왜?' 써야 하는지 이유가 발견되면 '어떻게?'라는 방법도 자연스레 찾아집니다. 세계적인 심리학자 웨인 다이어는 『확신의 힘』(21세기 북스, 2013)을 통해 다음과 같은 메시지를 전합니다. 그의 이야기를 들으며 글쓰기로 이룰 목표를 떠올려 보기 바랍니다.

더욱 가치 있고 새로운 자신을 세상에 나타내려면 여러분은 되고 싶은 모습이 이미 되었다고 가정하고 그 가정을 믿으며 살아가야 한다. 아직 여러분의 몸으로 나타나지 않았어도 자신이 원하는 모습이 되었다는 가정을 철저히 믿는다면 그 새로운 가치나 의식의 상태가 현실 속에 나타날 것을 확신해야 한다.

셋째, 글쓰기 능력을 갖추었을 때 받을 보상을 생각해 보는 겁니다. 글을 잘 쓰면 여러 보상이 뒤따릅니다. 보상 중 첫째는 인정을 받는 겁니다. 글을 잘 쓰면 다양한 사람들로부터 인정받을 수 있습니다. SNS의 '좋아요'도 그 표시입니다. 누군가의 공감을 이끌어 냈다는 뜻입니다. 좋아요가 많으면 신나서 더 글을 쓰고, 좋아요가 적으면 더 많이 받기 위해 심혈을 기울여 글을 쓰게 되지요. 타인의 인정을 값지게 생각해서입니다. 글을 써서 인생의 궁극적인 목표를 이루는 것은 훗날 이야기이지만, 인정은 다릅니다. 자신이 서 있는 자리에서 누군가의 인정은 더 열심히 글을 써야 하는 충분한 동기가 됩니다. 인정은 자연스레 물질적인 보상과 연결됩니다. 교수에게 인정받으면 학점이 올라가고, 직장에서 인정받으면 승진과 연봉에 긍정적인 영향을 줍니다. 블로그에 쓴 글이 인정받으면 파워블로거가 될 수 있습니다. 보상도 글을 써야 하는 동기를 제공하기에 충분한 이유가 되어 줍니다.

당신은 왜 글을 써야 하나요? 글을 써야 하는 이유는 무엇입니까? 이 질문에 답을 찾는 사람이 삶의 무기가 되는 글쓰기를 시작할 수 있습니다.

애초에 가르칠 수 없는 기술이니까

✒ 　자기 삶을 토대로 글로 써 변화를 이뤄 내라고 하면 이구동성으로 대답합니다. 자신에게는 타고난 글쓰기 능력이 없으니 불가능하다고 말입니다. 대다수 사람들은 글쓰기가 타고난 재능이 있어야만 할 수 있는 행위라고 여기는 듯합니다. 노력만으로는 도저히 넘을 수 없는 산이라는 것처럼.

그러나 저는 그렇게 생각하지 않습니다. 글쓰기는 재능이 아니라 훈련이기 때문입니다. 저는 16권의 책을 펴냈습니다. 자비출판 하나 없이 모두 명망 있는 출판사를 통해 책이 나왔습니다. 그중 투고로 출간까지 이어진 책이 80퍼센트가 넘습니다. 투고로 출판사 문을 통과하는 경우는 매우 드물다고 출판 전문가들을 이구동성으로 이야기합니다. 그런데도 저는 투고로 많은 책을 펴냈습니다.

그럼 저는 글쓰기에 타고난 재능이 있을까요. 그 말에 저는 동의할 수 없습니다. 제가 처음 독서 지도를 공부하면서 쓴 글은 여섯 줄이 전부였습니다. 책 한 권을 읽고 한 페이지의 글을 써야 하는데 여섯 줄에서 나아가기 힘들었습니다. 꽤 많은 시간 사투를 벌였음에도 보잘것없는 결과물을 내놓았습니다. 그래도 썼습니다. 죽이 되든 밥이 되든 써야겠다고 생각하고는 주구장창 썼습니다. 두 번째 책은 1년 8개월 동안 90번의 출판사 퇴짜를 맞고 출

글은 쓰겠다는 결심이 무기가 된다

간되었습니다. 세 번째 책은 50번의 출판사 퇴짜 후 얻는 결과물입니다. 그럼에도 포기하지 않고 쓰고 또 썼기에 지금의 제가 있다고 생각합니다.

글쓰기와 관련된 유명한 경구가 있습니다. 7세기 무렵, 중국 당나라의 서예가 구양수가 한 말인데 글쓰기에 관심 있는 사람은 한 번쯤 들어 봤음직한 이야기입니다. 바로 삼다(三多)론입니다. 삼다는 "다독(多讀)·다작(多作)·다상량(多商量)"을 의미합니다. 많이 읽고, 많이 쓰고, 많이 생각하는 것이 글 잘 쓰는 비결이라는 겁니다. 조정래 작가도 같은 메시지를 전합니다. "글 잘 쓰는 기술은 애초에 가르칠 수 없다. 쓰는 것만이 글을 잘 쓸 수 있는 방법이며, 그러는 동안은 필시 황홀하기 짝이 없는 글 감옥을 경험할 것이다."

세계시민학교 교장인 한비야 씨도 다르지 않습니다. 한비야의 글은 학생들이 가장 본받고 싶다고 할 정도입니다. 그가 쓴 책은 모두 베스트셀러가 되었습니다. 그는 본인의 글쓰기에 대해 『그건 사랑이었네』(푸른숲, 2009)에서 말합니다.

내 글이 술술 읽히니까 쓸 때도 일필휘지로 쓰는 줄 안다. 아니다. 내가 말도 빠르고 걸음도 빠르고 밥도 빨리 먹지만 글은 한없이 느리게 쓴다. 날밤을 새우고 또 새운다. 밤을 새워서 좋은 글이 나온다면 한 달이라도 새우겠다. 밤을 새울 때마다 머리를 쥐어뜯으며 도대체 이렇게밖에 못하면서 무슨 글을 쓴다고 나섰느냐며 자학까지 한다.

그는 구양수의 말을 인용하며 많이 읽고, 많이 생각하고, 많이 써 보고, 많이 기록하며 글을 잘 쓰기 위해 훈련한다고 말합니다. 좋은 글을 쓰기 위해 먼저 말로 해 보며 편하고 전달이 잘되는 것을 골라낸다고 합니다. 그리고 글을 완성한 후에는 큰 소리로 읽으며 잘 읽힐 때까지 고치는 과정을 반복합니다. 그런 노력과 훈련이 좋은 글을 쓸 수 있는 근거가 된다고 고백합니다.

세상의 모든 창작물은 부단한 노력과 훈련으로 얻은 결과물입니다. 한류를 주도하는 케이팝**K-Pop** 아이돌도 짧게는 수년, 길게는 십 년 이상 연습생을 거칩니다. 연습생 기간 동안 치열하게 춤과 노래를 훈련한 후 비로소 데뷔를 합니다. 사람들은 이렇게 훈련한 사람들의 글과, 공연, 작품에 기꺼이 돈을 지불합니다. 피카소는 수년 동안 비둘기 발만을 그렸습니다. 비둘기 발을 그린 훈련, 나아가 하루에 한 장 이상의 그림을 그린 노력과 훈련이 세계적인 작가로 거듭나게 했던 원동력인 것입니다.

글쓰기로 삶을 변화시키고 싶다면 일단 글을 쓰고 싶다는 마음에 반응하는 태도가 필요합니다. 글을 써야겠다는 이유가 생기면 글쓰기에 돌입해야 합니다. 시작이 반이라는 말도 있듯이 일단 글쓰기를 시작해야 의미 있는 결과를 만들어 낼 수 있습니다. 그 의미는 무라카미 하루키의 말에서도 이해할 수 있습니다. 그는 처음부터 세계적인 작가가 되겠다는 포부가 없었습니다. 그저 쓰고 싶은 마음의 울림에 반응했을 뿐입니다. 첫 장편소설 『바람의 노래를 들어라』(문학사상, 2006)를 집필할 당시를 떠올리며 하루키는 말합니다. "스물아홉이 되고 난데없이 소설을 써야겠다는 생각이 들었다. 나도 뭔가 쓸 수 있을 것 같은 예감이 들었다. 도스토옙스키나 발자크에 필적할 가망은 없었지만. 딱히 대문호가 될 필요는 없으니까……"

둘째, 매일 글을 쓰는 것입니다. 죽이 되든 밥이 되든 매일 쓰다 보면 글쓰기 부담감에서 벗어날 수 있습니다. 어제의 글쓰기 패턴을 익숙하게 이어 갈 수 있게 돼 성장하는 글을 쓸 수 있습니다. 여기서 한 가지 유념해야 할 것이 있습니다. 매일 시간을 정해 놓고 쓰기보다는 분량을 정하고 쓰는 것이 효과적이라는 사실입니다. 시간은 글을 쓰지 않아도 흘러갑니다. 무엇을 써야 할지 고뇌하는 시간도 글쓰기 시간에 포함되므로 효율적이지 않습니다. 그러나 분량을 정해 놓으면 일정량을 써야 하므로 주어진 조건 안에서 글쓰기 능력을 향상시키기 용이합니다. 매일 반복적으로 훈련하다 보면 훌쩍 성장해 있는 자신을 발견할 수 있게 됩니다.

셋째, 처음부터 너무 잘 써야 한다는 욕심을 버리는 것도 필요합니다. 잘 써야겠다는 욕심이 생기면 글에 힘이 들어갑니다. 글에 욕심이 들어가면 자연스러운 글을 쓰기 힘듭니다. 자신을 있는 그대로 보여 주기보다 제어하게 되지요. 더 그럴듯하고 멋지게 표현하려고 듭니다. 자신의 경험을 과대 포장하는 수도 있습니다. 사례를 인용할 때도 적절한 것을 찾기보다 유명하고 명망 있는 것들을 끌어들이려 합니다. 솔직하지 못하고 그럴듯하게 보이려 하면 좋은 글을 쓸 수 없습니다. 감동은 솔직한 마음에서 비롯된다는 것을 기억하고, 있는 그대로를 보여 주겠다는 마음으로 쓰십시오. 그럴 때 누군가의 마음에 울림을 주는 글이 탄생합니다.

글쓰기로 삶을 보다 좋은 쪽으로 변화시키겠다는 마음으로 시작해 보세요. 잘 쓰는 글이 아니라 자신의 삶을 변화시키겠다는 의미로서의 글, 그거면 충분합니다.

퍼스널 브랜딩 최고의 도구

✒ 내 삶을 토대로 글을 써서 성공적인 삶을 사는 방법이 있습니다. 바로 자기 삶의 이야기로 본인을 퍼스널 브랜딩 하는 것입니다. 퍼스널 브랜딩이란 자신을 브랜드화해 원하는 분야에서 자신이 가장 먼저 떠오를 수 있도록 만드는 과정을 말합니다. 글쓰기만큼 자신을 브랜드화하는 데 효과적인 도구는 없습니다. 지금은 브랜드 시대입니다. 기업은 소비자에게 자기 회사 제품이 가장 먼저 떠오를 수 있도록 브랜딩합니다. 다른 제품과 차별화하기 위해 광고도 만듭니다. 제품 이미지에 어울리는 인사를 섭외해 신뢰를 쌓으려 합니다. 몇십 초에 수억씩 하는 광고에 주기적으로 노출하여 소비자에게 자신의 브랜드를 각인합니다. 소비자가 구매할 때 가장 먼저 자신들의 제품이 떠오르도록 하기 위해서입니다.

개인도 퍼스널 브랜딩이 필요한 시대가 되었습니다. 소문난 마케팅 컨설턴트 데이비드 미어맨 스콧의 말을 들으면 이해가 쉽습니다. "내 이름은 곧 나의 브랜드다. 이것이 나의 가장 큰 경쟁력이다. 당신의 이름을 브랜드화하는 것의 힘은 기제를 촉발시키는 가장 비상한 방법이다. 그 순간 당신은 사람들이 원하는 것에 대해 전문성을 가진 사람이 된다. 브랜드화된 이름은 당신을 순식간에 해당 분야의 전문가, 선도주자로 만들어 준다."

지금은 인터넷과 SNS 발달로 누구나 자신을 브랜딩할 수 있게 되었습니다. 조금만 관심을 가지면 얼마든지 자신의 이름을 알릴 수 있습니다. 무한 경쟁 시대에 살아남을 수 있는 비결은 자기 이름을 브랜드화하는 것입니다. 유명하지 않은 사람이 자신을 브랜딩하려면 어떤 방법이 좋을까요? 유명 컨설턴트를 찾아가 하나부터 열까지 코칭을 받으면 될까요? 전문가의 도움을 받아도 자신만의 콘텐츠가 없으면 브랜딩하기 힘듭니다. 그래서 내 삶을 밑거름 삼아 승부를 걸어야 합니다. 자신만의 콘텐츠를 바탕 삼아 글을 쓰는 것입니다. 자기 삶의 이야기를 토대로 책을 써 저자가 되는 것이 퍼스널 브랜딩에 있어 최고의 도구가 됩니다.

시골 의사라는 필명으로 유명한 박경철 작가가 있습니다. 그의 원래 직업은 외과 의사였습니다. 안동에서 외과 의사를 하면서 쓴 경험담 『시골 의사의 아름다운 동행1, 2』가 큰 반향을 일으켰습니다. 책은 단번에 중고등학교 필독 도서로 지정이 되었습니다. 중고등학교 학생 대상 강사가 되어 수많은 학생들을 만난 것이 계기가 되어 「청춘 콘서트」 강사까지 되었습니다. 단박에 대한민국 청춘들의 멘토가 된 것입니다. 그 후로도 경제와 주식, 인문 서적까지 섭렵하는 작가가 되었습니다. '시골 의사 박경철'이라는 브랜드는 아직도 뭇 사람들의 관심을 받고 있습니다.

자기 경영 시대를 주도한 공병호도 퍼스널 브랜딩의 선두주자였습니다. 자신의 이름을 브랜드화해 1인 기업 시대를 개척했습니다. 책 제목도 항상 자신의 이름을 넣어 짓습니다. 『공병호의 무기가 되는 독서』, 『공병호 고전강독』, 『공병호의 다시 쓰는 자기경영 노트』 등. 공병호라는 한 사람을 브랜드화하고자 하는 의도입니다. 그의 바람대로 공병호는 방송과 강의 시장에서 블루칩이 되었습니다.

스토리텔링의 '구루'(영적인 스승)라고 불리는 캘리포니아 대학교수 로버트 매키가 있습니다. 그의 스토리텔링 기법을 이용해 「반지의 제왕」(2001)이 만들어졌습니다. 「반지의 제왕」을 만든 영화감독 피터 잭슨은 "「반지의 제왕」은 매키의 스토리 구성 원칙에 따라 편집한 것일 뿐"이라고 말합니다. 세계적인 명성을 떨칠정도로 그의 스토리텔링 기법은 탁월합니다. 그런데 그의 스토리텔링 기법은 평범합니다. 그의 말을 들어 보면 고개가 끄덕여질 것입니다.

> 많은 이들이 영화 산업에 뛰어들지만 스토리에 대한 사랑이 없어요. 대부분 부와 명예를 생각할 뿐 자기 내면의 예술을 사랑하진 않아요. 스스로 '내 이야기를 아무도 안 읽고, 영화나 드라마로 제작이 안 돼도 계속 쓸 것인가'라고 물었을 때 '그렇다'라고 답한다면 대성할 가능성이 있는 사람입니다.

스토리텔링의 핵심은 자기 내면의 스토리로 승부를 거는 거랍니다. 여기저기 기웃거리면서 이야깃거리를 사냥하는 것이 아니라 자기 삶의 이야기를 토대로 스토리를 엮어 내야 한다는 것입니다. 자신이 가지고 있는 것, 자신이 평소에 추구하고 경험한 성찰이 이야기의 좋은 소재가 됩니다. '내 이야기에 누가 귀를 기울이겠어?'라고 생각해서는 퍼스널 브랜딩 할 수 없습니다.

퍼스널 브랜딩의 핵심은 나다운 것을 찾는 것입니다. 가장 나다운 것이 무엇인지 자기 삶의 흔적을 더듬어 보십시오. 삶의 시작점, 부모님의 삶, 죽어서 어떤 사람으로 기억되고 싶은지를 살펴야 합니다. 때로는 삶을 옥죄이는 아픔이, 받은 상처가 누구도 흉내 내지 못할 이야기를 제공해 주기도 합니다. 삶의 모든 과정이 스토리가 될 수 있습니다. 3년, 5년을 투자할 만한 키워드를 찾아보세요. 청춘을 투자해 공부하고 도전할 거리를 찾아 매진하는 겁니다. 중요한 것은 훗날 자기 삶의 과정을 글로 풀어내겠다는 자세로 도전하는 겁니다. 자료를 체계적으로 정리해 두어, 글로 풀어낼 때 필요한 것들을 하나하나 축적해 둔다면 오래지 않아 자신을 브랜딩할 기회를 붙잡을 수 있을 것입니다.

나아가 자기 삶의 이야기를 글로 써 보겠다는 결심이 필요합니다. 아무리 좋은 콘텐츠가 있어도 그것을 글로 풀어내지 않고는 퍼스널 브랜딩을 할 수 없으니까요. 용기를 품고 글로 쓰기 시작할 때 자신의 이름을 브랜드화할 수 있습니다. 그것이 내 삶을 변화시켜 주는 최고의 무기가 될 것입니다.

66 자기 삶의 이야기를
글로 써 보겠다는 결심이
필요합니다. 용기를 품고
글로 쓰기 시작할 때
자신의 이름을 브랜드화할 수
있습니다. **99**

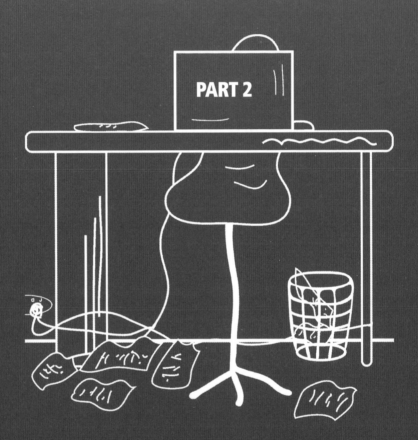

내 글에 생명력을
불어넣다

5

글쓰기 전 몸에 익혀야 할 것들

읽기가 쓰기다, 쓰기를 위한 독서법

글을 써 의미 있는 결과를 만들어 내려면 먼저 준비해야 할 것이 있습니다. 바로 '읽기'입니다. 잘 읽어야 글도 잘 쓸 수 있기 때문입니다. 글 잘 쓰는 비결을 말한 구양수의 삼다론 첫째 덕목도 다독이었지요. 읽더라도 많이 읽어야 한다는 것입니다.

많이만 읽는다고 글을 잘 쓸 수 있을까요? 절대 그렇지 않습니다. 많이 읽되 어떻게 읽느냐가 중요합니다. 제대로 읽지 않으면 양은 글쓰기에 별로 도움이 되지 않습니다. 사람들은 책을 읽었다는 의미를 글자를 읽어 나가는 것으로 이해합니다. 눈동자를 움직여 글자를 따라가는 행위를 독서라고 생각합니다. 하지만 이것은 글을 '보는' 것이지 '읽었다'라고 할 수 없습니다. 본 것과 읽은 것에는 큰 차이가 있습니다. 읽었다는 것은 글자에 담긴 뜻을 이해했다는 의미입니다. 문자 너머의 저자 의도를 읽어 내는 것입니다. 제대로 된 읽기는 문자에서 의미하는 속뜻을 이해하고 그 너머의 보이지 않는 것까지 유추해 냅니다. 나아가 문자 속에 담긴 의미를 해석하고 분석하며 통찰을 얻는 것까지 이어져야 합니다. 그렇게 깨달은 메시지를 자기 삶에 적용하는 행위까지가 제대로 된 읽기입니다. 이렇게 읽어 내야 글쓰기에도 성공할 수 있습니다.

글을 잘 쓰기 위한 독서는 어떤 형태일까요? 그 의미는 사이토 다카시의 말로 이해하면 좋을 것 같습니다. 그는 일본뿐만 아니라 우리나라에서도 자신만의 독자층을 갖고 있는 작가입니다. 메이지 대학 문학부 교수로 읽고 쓰기에 매우 능통한 그는 『읽고 쓰기의 달인』(비즈니스맵, 2009)이라는 책에서 말했습니다.

'쓰기'의 배경에는 '읽기'가 있다. 쓰기와 읽기는 매우 밀접한 관계를 맺고 있다. 읽기와 쓰기는 따로따로 단련할 수 있는 능력이 아니다. '읽기의 달인'이 되려면 쓰기를 전제로 읽어야 하고, '쓰기의 달인'이 되려면 읽기를 전제로 써야 한다. 그래야만 '읽고 쓰기의 달인'이 될 수 있다.

　사이토 다카시는 쓰기를 전제로 읽으면 글을 잘 읽을 수 있다고 말합니다. 그의 말은 일리가 있습니다. 읽고 있는 책으로 어떻게 글을 풀어내야 할지를 전제로 읽으면 훨씬 집중해서 읽을 수 있습니다. 저자의 의도를 해석하려 들고 그것을 자신의 삶과 어떻게 연결 지을지 끊임없이 생각합니다. 그런 과정에서 성찰과 통찰이 일어납니다. 지식이 해석되어 내면화되는 것입니다. 내가 누구이며, 어디서 와서 어디로 가고, 어떻게 살아가야 하는지를 생각하도록 이끌어 줍니다. 이런 과정을 『변신』의 작가 프란츠 카프카의 말을 빌리면 이렇습니다. "책은 우리 내부에 있는 얼어붙은 바다를 깰 수 있는 도끼여야 해." 1904년, 친구 오스카르 폴라크에게 보내는 편지글의 전문을 보면 이 의미를 보다 잘 이해할 수 있습니다.

요컨대 나는 우리를 마구 물어뜯고 쿡쿡 찔러 대는 책만 읽어야 한다고 생각해. 만약 읽고 읽는 책이 머리통을 내리치는 주먹처럼 우리를 흔들어 깨우지 않는다면, 왜 책 읽는 수고를 하느냐 말이야? 자네가 말한 것처럼 책이 우리를 즐겁게 하기 때문일까? 천만에. 우리에게 책이 전혀 없다 해도 아마 그만큼은 행복할 수 있을지도 몰라. 우리를 행복하게 만드는 책들은 우리가 궁지에 몰린 상황에서도 쓸 수 있단 말이야. 우리가 필요로 하는 것은 마치 우리 자신보다도 더 사랑했던 이의 죽음처럼, 아니면 자살처럼, 혹은 인간 존재와는 아득히 먼 숲속에 버림받았다는 기분마냥 더없이 고통스러운 불운으로 와닿는 책들이라고. 책은 우리 내부에 있는 얼어붙은 바다를 깰 수 있는 도끼여야 해. 나는 그렇게 믿고 있어.

—알베르토 망구엘, 『독서의 역사』(세종서적, 2016)에서

성찰과 통찰로 이어지는 독서가 돼야 무엇을 어떻게 글로 풀어내야 할지 알 수 있습니다. 그럼 어떻게 하면 혜안을 얻는 독서가 가능할까요? 글을 잘 쓸 수 있는 독서는 어떻게 하면 될까요? 그 방법은 읽고 쓰기의 달인인 정약용으로부터 배우면 좋겠습니다.

정약용은 쓰기를 전제로 읽었고, 읽기를 전제로 쓴 우리나라의 대표적인 학자입니다. 어느 한 분야만 능통한 것이 아니라 다양한 분야에서 두각을 나타냈습니다. 의술, 건축, 문화, 법률, 행정, 교육 등을 아우르는 책을 펴냈습니다. 정약용이 500여 권을 펴낼 수 있었던 것은 그의 독특한 독서법에서 비롯되었습니다. 정약용

의 책 읽는 방법을 익힌다면 글로 삶의 이야기를 풀어내는 데 어려움이 없을 것입니다.

정약용은 책을 읽기 전 마음 자세를 가다듬어야 한다고 강조합니다. 문심혜두(文心慧竇)를 여는 공부를 의미합니다. 문심은 공부하고 싶은 마음이고, 혜두는 지혜의 구멍입니다. 글쓴이의 마음을 깨달아 알고 그것을 바탕으로 지혜의 문을 여는 것입니다. 막혔던 생각이 뚫리는 현상입니다. 그래야 의미 있는 결과를 만들어 낼 수 있다고 강조합니다. 정약용의 독서법을 간추리면 세 가지로 정리할 수 있습니다.

첫째가 정독(精讀)입니다. 글을 꼼꼼하고 자세히 읽는 것을 말합니다. 한 장을 읽더라도 깊이 생각하면서 읽는 것이지요. 모르는 내용이 나오면 관련 자료를 찾고 철저히 근본을 밝혀 이해하며 읽는 독서입니다. 정약용이 살았던 시대에는 정독을 하는 사람이 드물었습니다. 음독(音讀)으로 반복된 독서가 대세였습니다. 그런데 정약용은 묵독(默讀)을 강조합니다. 조용히 읽으면서 그 뜻을 음미하는 것입니다. 텍스트 너머까지 살피려는 독서였습니다. 정약용이 묵독을 강조한 이유는 얄팍하게 얻은 지식으로는 학문의 발전을 일으킬 수 없다고 생각했기 때문입니다. 글을 잘 쓰기 위한 책 읽는 방법도 정독에서 생성됩니다. 저자가 전하는 핵심 메시지를 읽어 내야 그것을 바탕 삼아 자신의 생각을 만들어 낼 수 있습니다. 무엇을 취하고 무엇을 버려야 할지, 무엇을 바탕 삼아 내 삶의 이야기를 녹여 낼지 알아낼 수 있습니다.

둘째는 질서(疾書)입니다. 책을 읽은 과정에서 깨달은 것이 생기면 즉각 메모하는 방법을 말합니다. 무수한 정보의 바다에서 '보는 눈'을 키우는 독서입니다. 질서를 위해 필요한 것을 정약용은 의심과 의문이라고 합니다. 저자의 이야기를 의심하며 비판적으로 읽어야 함을 이야기합니다. 그 의미를 독일의 철학자이자 쇼펜하우어도 이야기한 적이 있습니다.

> 알기 위해서는 물론 배워야 한다. 그러나 안다는 것과 여러 조건을 통해 스스로 깨달은 것은 엄연히 다르다. 앎은 깨닫기 위한 조건에 불과하다. 그런 의미에서 독서와 학습은 객관적인 앎이다. 그리고 독서와 학습을 바탕으로 이루어지는 사색은 주관적인 깨달음이다. 누구나 책을 읽을 수 있고, 누구나 공부할 수 있지만, 누구나 이를 통해 사색할 수 있는 것은 아니다.
>
> —『쇼펜하우어 문장론』(지훈, 2005)에서

책에서 얻는 앎은 자신의 것이 아닙니다. 작가의 것입니다. 이를 자신의 것으로 만들려면 의심하고 의문을 가져야 합니다. 끊임없이 사색하며 자신의 생각을 만들어야 하죠. 그때 번뜩이며 떠오른 생각과 깨달음을 메모하는 것이 질서입니다. 정약용은 스스로 깨달음을 얻을 때까지 이 과정을 반복했습니다.

셋째는 초서(鈔書)입니다. 책을 읽으면서 중요한 구절이나 마음을 울리는 문장을 만날 때 옮겨 적는 것, 즉 베껴 쓰는 과정을 일컫습니다. 내 삶을 글로 풀어낼 때 유용하게 활용할 수 있는 대목을 발췌하는 것이 도움이 되지 않을 리 없지요. 글을 쓸 때 가장 유용하게 활용할 수 있는 독서법입니다. 독서법의 명저인 『생각을 넓혀 주는 독서법』(멘토, 2012)의 저자 모티머 J. 애들러도 같은 메시지를 전합니다.

질문이 무엇인지 알고만 있으면 아무 소용이 없다. 명심해 두었다가 글을 읽으면서 실제로 던져 보아야 한다. 이러한 습관을 지녀야 좋은 독자가 될 수 있다. 나아가서 질문에 자세하고 정확하게 답할 줄 알아야 한다. 책 읽는 '기술'이란 바로 이렇게 묻고 답하는 데 익숙해진 능력을 갖춘 것을 말한다.

그는 위와 같이 말한 이유 역시 밝혀 두었습니다.

왜 책을 읽으면서 뭔가를 적어야 할까? 첫째, 깨어 있게 한다. 단지 의식이 있게 한다는 것뿐 아니라 자각할 수 있게 한다는 것이다. 둘째, 능동적으로 책을 읽는다는 것은 생각한다는 것이며, 생각한다는 것은 말이든 글이든 언어로 표현한다는 것이다. 자신의 생각을 알기는 아는데 표현하지 못하겠다는 사람은 그 생각을 잘 알지 못하는 것이다. 셋째, 자신의 느낌이나 생각을 적는 것은 저자의 사상을 기억하는 데 도움이 된다.

베껴 쓰는 과정에서 진짜 중요한 것이 무엇인지 알게 됩니다. 초서해 놓은 것을 활용하면 자신의 생각을 돋보이게 할 수 있습니다. 자기 생각만으로 한 권의 책을 쓰는 것은 쉽지 않습니다. 저

글쓰기 전 몸에 익혀야 할 것들

명한 사람의 글로 논리를 덧입혀야 독자를 이해시키고 설득할 수 있습니다. 초서가 글을 잘 쓰게 해 주는 아주 유용한 도구인 것입니다. 저자의 생각에 무조건 동의하는 것이 아니라 제 생각을 만들기 위해 의심하고 의문을 던져야 합니다. 그리고 깨달은 것을 메모하며 글감을 만드는 독서가 필요합니다. 나아가 자신의 생각을 논리적으로 뒷받침하기 위한 인용 글을 확보해야 합니다. 그것이 바로 초서입니다.

이것이 쓰기를 전제로 한 읽기입니다. 이 방법대로 책을 많이 읽으면 읽을수록 다양한 글감을 확보하고 깊이 있는 사고를 할 수 있습니다. 그렇게 벼려 낸 지혜가 글을 더욱 빛나게 하는 것은 물론입니다. 글쓰기의 두려움에서 벗어나고 의미 있는 글은 이런 과정을 통해 생성됩니다. 글을 쓰기 전 몸에 익혀야 할 첫째 방법은 쓰기를 전제로 읽는 법을 익히는 것입니다.

저는 수년을 질문하며 책을 읽었습니다. 질문하며 책을 읽으려면 정독은 필수입니다. 한 권을 두세 번을 읽어야 할 정도로 깊이 있게 읽습니다. 읽는 것에 그치지 않고 5단계에 걸쳐 질문을 하고 답을 답니다. 1단계에서는, 책을 읽기 전 내용을 추측하는 질문을 던지며 유추합니다. 2단계에서는 책을 읽은 후 내용 파악을 위한 질문을 던집니다. 책 내용을 이해해야 사유와 적용으로 이어질 수 있으니까요. 3단계는 초서입니다. 책에서 핵심되는 내용을 발췌해 옮겨 적고 옮겨 적은 이유를 기록합니다. 작가가 그 글귀를 통해 전하려는 메시지도 파악합니다. 4단계는 사색 읽기입니다. 책 내용을 깊이 사색하는 질문을 던지며 깊이를 더합니다. 마지막으로 삶에 적용할 수 있는 질문을 던지고 하나라도 실천합니다. 그 과정을 오랜 시간에 걸쳐 진행했습니다. 그랬더니 어느 순간 겉으로 보이는 너머의 것이 보이고 그것을 정리하고 싶어졌지요. 이를 글로 풀어냈더니 출판사를 통해 책이 나왔습니다. 읽기로 탄탄하게 기초를 연마한 것이 글쓰기로 이어지는 결과를 낳았습니다. 그렇게 삶의 무기를 찾아 글쓰기 강좌와 독서법, 진로, 인문학 강의를 하며 살아가고 있습니다. 그러니 글쓰기 기술을 익히기 전에 준비해야 할 것은 바로 제대로 된 읽기입니다. 읽기가 되면 글쓰기는 그리 어렵지 않으니까요.

글쓰기 기술부터 배우지 마라

노래 경연 프로그램에서 자주 듣는 말이 있습니다. 가사를 잘 이해해 이야기하는 것처럼 부르라는 것입니다. 노래 잘하는 기술보다 노래에 자기감정을 덧입혀 청중에게 다가가야 감동을 일으킨다고 평을 합니다. 어떤 심사 위원은 "노래를 정식으로 배우지 않았는데도 저를 갖고 놀았어요. 기술적인 부분은 부족한데 묘하게 사람의 마음을 무장 해제하는 매력이 있어요."라고 호들갑을 떱니다. 공기 반 소리 반보다 중요한 것은 '노래를 통해 무슨 말을 하느냐.'입니다. 이 말은 노래 부르는 사람뿐만 아니라 글을 쓰려는 사람도 새겨들어야 합니다.

보통 글을 잘 쓰려면 기술이 좋아야 한다고 생각합니다. 효과적인 기술을 익히면 글을 잘 쓸 수 있다고 여깁니다. 글을 쓰려고 준비하는 많은 사람들이 글 쓰기에 관한 책을 집어드는 것도 이 때문입니다. 미사여구를 동원해 문장을 그럴듯하게 풀어내면 좋은 글이 된다는 생각에서 비롯된 행동입니다. 문장력을 향상시키면 좋은 글을 쓸 수 있습니다.

그러나 이런 생각은 옳다고 볼 수 없기도 합니다. 글쓰기의 핵심은 '어떤 이야기를 하고 싶은가.'에 달려 있습니다. 글을 쓰는 사람의 생각이 가장 중요합니다. 무엇을 쓸 것인가에 대한 질문에 답을 찾는 것이 우선입니다. 쓸거리가 곧 글의 주제가 되기 때문입니다. 쓰고 싶은 이야기가 아이디어입니다. 할 말이 분명하고 그것을 진술하게 풀어내면 기술이 조금 부족해도 글을 돋보이게 할 수 있습니다. 맞춤법이 틀려도 전하는 메시지가 좋고 탁월하면 사람들은 관심을 보이기 마련입니다. 할 말이 있어야 한 문장이라도 시작할 수 있습니다. 쓸 말이 없으면 어떤 기술도 무용지물입니다. 글쓰기 기술은 쓸거리를 독자에게 전달해 줄 운송 도구에 불과합니다. 그 의미를 하버드 대학에서 글쓰기를 가르친 바버라 베이그는 말합니다.

> 훌륭한 작가가 훌륭한 것은 단순히 우아한 문장을 교묘하게 다듬을 줄 알기 때문이 아니다. 그들이 훌륭한 것은 그들에게 할 말이 있고, 할 말을 바탕으로 독자와 적절한 관계를 형성할 줄 알기 때문이다. (중략) 결국 말할 내용이 없다면 글쓰기는 아주 어려운 작업이 될 수밖에 없다.
>
> ─『하버드 글쓰기 강의』(에쎄, 2011)에서

독서가 필요한 것도 할 말을 생성하기 위해서입니다. 연대표로 삶 전체를 살피는 과정도 할 말을 찾는 작업입니다. 지나온 삶의 흔적을 살펴 쓸거리를 확보하는 겁니다. 쓸거리가 확보되면 그다음 기술을 덧입히면 됩니다.

신우성의 『미국처럼 쓰고 일본처럼 읽어라』(어문학사, 2009)는 글 잘 쓰는 사람과 그러지 못하는 사람의 차이를 살핀 책입니다. 하버드대학교 낸시 서머스 교수는 박사 논문을 쓰는 사람들을 대상으로 연구를 합니다. 글을 잘 쓰지 못하는 사람은 대부분 문장을 꾸미고 고치는 일에 역량을 집중했습니다. 그러나 글 잘 쓰는 사람은 글을 써야 하는 이유를 깊이 생각했다고 합니다. 지금 쓰고 있는 글은 무엇이며, 이 글을 읽을 사람, 글의 구성을 숙고하는 과정에 시간을 투자했습니다. 결국 무엇을 쓸 것인가를 생각하고 효과적인 기술을 덧입혔던 것입니다.

쓸거리를 생성하려면 어떻게 하면 좋을까요? 역시 독서가 최고입니다. 여기서 쓸거리는 자료를 의미하는 것이 아닙니다. 무엇을 쓸 것인가에 대한 생각을 말합니다. 독서를 통해 얻은 정보는 읽는 사람마다 똑같습니다. 하지만 책에 쓰인 텍스트를 해석하고 의미 부여하다 보면 세상에서 하나밖에 없는 나만의 생각이 만들어집니다. 그 생각을 만들기 위해 독서가 필요한 것입니다. 자기 생각을 만들 것이 아니라면 시간을 투자해 군이 책을 읽을 필요가 없습니다. 지식과 정보는 검색만으로도 충분하니까요.

위 말을 다시 덧붙이면 사색의 과정이 필요하다는 것입니다. 작가의 것을 자신의 것으로 만드는 과정이 바로 사색이기 때문입니다. 미국 헌법에 정신적 기초를 제공한 론 로크는 이야기합니다. "독서는 단지 지식의 재료를 얻는 것에 불과하다. 그 지식을 자기 것으로 만드는 것은 오직 사색의 힘으로만 가능하다." 제나라의 사상가 관중(管仲)도 같은 메시지를 전합니다. "생각하고, 생각하고 또 생각하라. 그러면 귀신도 통할 것이다. 그러나 이는 귀신의 힘이 아니라 정신의 극치다." 글 잘 쓰기로 소문난 박경철도 독서 후 사유에 대한 이야기를 『시골 의사 박경철의 자기 혁명』

에서 말했습니다.

완독, 다독보다 중요한 것은 독서 후의 사유다. 한 권의 책을 읽으면 그 책을 읽는 데 투자한 시간 이상 책에 대해 생각하는 것이 중요하다. 독서는 지식을 체화하고 사유의 폭을 넓히는 수단이다. 성찰의 실마리를 던져 주지 못한 책은 시간을 파먹는 좀벌레에 불과하다. (중략) 한 권의 책을 읽더라도 저자의 사상을 이해하고 그것을 나에게로 끌어들여 내 생각을 교정해 냈느냐가 중요하다는 것을 기억하자.

독서를 하는 것 자체보다 더 중요한 과정이 독서 후 사색이라는 겁니다. 사색은 텍스트를 내면화하는 과정입니다. 지식이 내면에서 체화돼야 비로소 자신의 것이 됩니다. 체화된 지식을 발효한 것, 즉 지식을 다룰 수 있는 능력이 지혜입니다. 지혜가 있어야 삶을 꿰뚫어보는 통찰이 생기고 그 통찰이 누구도 흉내 낼 수 없는 나만의 콘텐츠, 즉 쓸거리가 되는 것입니다.

다산 정약용은 책을 읽고 사색하지 않으면 백 번을 읽어도 소용없다는 것을 알았습니다. 그의 일화를 보면 이해가 될 것입니다. 어느 날 새벽, 정약용은『퇴계집』에 실린 한 편의 편지를 읽습니다. 그러고 나서 그 내용이 깨달아질 때까지 음미하며 사색합니다. 깨달음으로 얻은 것은 자세히 기록했습니다. 그렇게 해서 탄생한 책이 바로『도산 사숙론』입니다.

쓸거리를 확보하려면 정체된 생각에 물꼬를 터야 합니다. 카프카의 말대로 얼어붙은 내면의 감수성을 깨뜨려야 합니다. 생각의 물꼬가 터져야 수용된 지식과 정보가 기존에 축적된 정보와 질서를 이뤄 의미 있는 것으로 재생산할 수 있기 때문입니다.

융합과 연결은 새로운 생각을 만들어 내는 데 좋습니다. 세상에 나온 모든 창조물은 융합과 연결이라는 도구를 통해 만들어집니다. 스티브 잡스는 스마트폰에 여러 가지 기능을 융합해 놓았습니다. 전화, 인터넷, MP3, 카메라 등을 탑재해 새로운 혁명을 일으켰습니다. 전혀 다른 상황과 물건을 합쳐 보고 나눠 보고 연결해 보세요. 그런 과정 속에서 뜻밖의 생각이 생성되고 쓸거리로 연결될 수 있으니까요.

생각의 물꼬를 트는 데 또 하나의 유용한 도구는 질문입니다. 수용된 정보를 자신의 것으로 만들 수 있기 때문입니다. 융합과 연결도 질문이라는 도구를 덧입혀야 가능해집니다. 창의적인 결과물은 질문을 통해 완성됩니다. 세계를 주도하는 유대인을 보면 알 수 있습니다. 유대 민족은 질문의 민족입니다. 삶의 현장에 뿌리내리고 있는 것이 질문입니다. 그들의 학습법인 하브루타도 바로 질문이 핵심입니다. 그들이 책을 대하는 태도를 『탈무드』에서는 이렇게 전합니다.

책을 많이 읽어도 그저 읽기만 해 가지고는 당나귀가 책을 등에 싣고 가는 것이나 다름이 없다. 당나귀가 아무리 많은 책을 등에 지고 있다고 해도 그것은 당나귀 자신에게는 도움은커녕 짐만 될 뿐이다. 책은 대답을 얻기 위해서 읽은 것이 아니라, 질문을 받고 스스로 거기에 대한 자기 생각을 정리하기 위해서 읽는 것이다.

책을 읽고 자기 생각을 갖지 못한 이를 당나귀에 비유했습니다. 어리석음의 대명사인 당나귀를 빗대어 올바른 독서를 하라고 강조한 거지요. 유대인들이 독서하는 목적은 자기 생각을 만들기 위해서입니다. 어느 누구도 흉내 낼 수 없는 나만의 생각을 만들어 내는 것, 그러한 생각이 바로 창의성입니다. 아인슈타인, 스티븐 스필버그, 마크 저커버그, 래리 페이지 등 유대인이 창의적인 분야에서 두각을 드러낸 이유가 여기에 있습니다.

관점을 바꿀 때도 생각의 물꼬가 트여 쓸거리를 형성할 수 있습니다. 독특한 문체로 독자층을 형성하고 있는 이외수 작가는 『글쓰기 공중부양』(해냄, 2007)에서 말합니다.

> 의문은 발상을 전환하는 도화선이다. 끊임없이 의문을 던져라. 참새는 왜 걷지 못할까. 양심 측정기가 발명되면 어떤 사람들이 가장 강력하게 사용을 반대할까. 물에 비친 달은 물일까 달일까. 돌고래는 정말로 외계에서 온 지성체일까. 끊임없이 의문을 던지면서 해답을 탐구하라. 남들이 보는 시각과 똑같은 시각으로 남들이 보는 시각과 똑같은 시각으로 사물을 바라보는 습관을 버려라. 그래야만 남들이 미처 발견하지 못했던 것들을 발견하고 남들이 미처 깨닫지 못했던 것들을 깨달을 수 있다.

생각이 답보 상태일 때는 바라보는 시각을 다르게 하는 것도 쓸거리를 확보하는 데 도움이 됩니다. 자신의 관심사와 전혀 다른 장르를 접해 보는 겁니다. 관점을 달리해 바라보는 것입니다.

논리적인 사고에 길들여진 사람은 시를 읽어 보는 겁니다. 음악과 미술은 전혀 다른 시각으로 바라보게 하는 장점이 있습니다. 인문학도 아주 좋습니다. 인문학은 인간의 본성과 존재의 이유를 탐구하는 학문입니다. 인간을 배우는 학문이므로 인간 삶의 본질을 탐구할 수 있습니다. 무엇이든지 근본 이치를 깨달아야 변형도 조합도 가능합니다.

여행을 떠나는 것도 좋습니다. 여행이 다양한 삶을 체험할 수 있는 기회를 제공해 주는 까닭입니다. 다양한 문화와 사람을 접하다 보면 발상의 전환을 꾀할 수 있습니다. 새로운 환경 속에 있다 보면 저절로 상상의 나래가 펼쳐집니다. 대표적인 예가 김훈 작가입니다. 그는 자전거 여행 예찬론자입니다. 여행을 통해 삶을 이해하고 자연의 숭고함을 깨닫고 독자와 나눕니다. 여행을 통해 깨달은 성찰과 통찰은 독자의 마음을 움직입니다. 그의 아름다운 문체의 근원은 '여행에서 비롯되지 않았을까.'라는 생각이 들 정도입니다. 다른 각도에서 바라보고 생각하려면 새로운 자극이 필요합니다. 자신을 잘 살펴 자기에게 필요한 자극은 무엇인지 생각해 보세요. 그리고 사고의 전환, 정체되어 있는 생각을 깨뜨려야 합니다. 생각의 힘이라는 근력 없이 글 쓰는 근육과 힘은 만들어지지 않으니까요.

어떻게 보고 어떻게 쓸 것인가

✒️　삶의 무기가 되는 글쓰기에 성공하려면 삶을 깊이 있게 들여다봐야 합니다. 겉으로 보이는 현상만 후루룩 보아서는 좋은 글을 쓰기 힘듭니다. 물론 겉으로 보이는 것도 잘 표현해야 합니다. 일명 묘사라고 하죠. 겉으로 드러난 것을 있는 그대로 보고 표현에 성공할 수 있어야 마음을 울리는 글쓰기도 가능해집니다.

　삶을 변화시키는 글을 쓰려면 관찰이 중요합니다. 관찰은 겉으로 드러난 너머를 볼 수 있도록 이끌어 주기 때문입니다. 간결한 문체로 독자의 마음을 훔친 『언어의 온도』(말글터, 2016)의 이기주 작가가 있습니다. 이기주 작가는 일상생활에서 만난 것들을 꾸밈없이 묘사합니다. 나아가 보이는 현상 너머의 본질을 끄집어내 글로 풀어냅니다. 특히 지하철 속에서 만나는 수많은 군상들을 살피며 삶의 정수를 풀어냅니다. 경로석에 앉아 있는 노부부의 모습을 통해 사랑의 진정한 의미를 밝힙니다.

　"사랑은, 평계를 댈 시간에 둘 사이를 가로막는 문턱을 넘어가며 서로에게 향한다." 짧은 에세이이지만 그 속에 담긴 메시지는 결코 가볍지 않습니다. 겉으로 드러난 너머를 보고 메시지를 풀어내기 때문입니다. 보이는 것 너머를 볼 수 있는 능력은 관찰력에서 비롯됩니다. 살아 움직이는 글도 관찰에서 생깁니다. 그 의미를 알랭 드 보통의 이야기로 이해하면 좋을 듯합니다.

두 사람이 산책을 나간다. 한 사람은 스케치를 잘하는 사람이고, 또 한 사람은 그런 데는 취미가 없는 사람이다. 두 사람이 지각하는 경치에는 큰 차이가 있다. 한 사람은 길과 나무를 본다. 그는 나무가 녹색임을 지각하지만, 그것에 대해 아무 생각도 하지 않는다. 그는 태양이 빛나는 것을 보고, 기분이 좋다고 느낀다. 하지만 그것이 전부다!

반면 스케치를 하는 사람은 무엇을 볼까? 그의 눈은 아름다움의 원인을 찾고, 예쁜 것의 가장 세밀한 부분까지 꿰뚫어보는 데 익숙하다. 그는 고개를 들어 햇빛이 소나기처럼 잘게 나뉘어 머리 위에서 은은한 빛을 발하는 잎들 사이로 흩어지고, 마침내 공기가 에메랄드빛으로 가득 차는 모습을 관찰한다.

『여행의 기술』(청미래, 2011)에 나온 이야기인데 글을 쓰려는 사람이라면 눈여겨봐야 할 대목입니다. 그는 자연을 바라볼 때 스케치하는 사람처럼 보라고 합니다. 똑같은 장면을 보고도 관찰력에 따라 완전히 다른 것을 보기 때문입니다. 보이는 것 너머까지 꿰뚫어볼 수 있다는 것입니다. 의미 있는 글을 쓰려면 스케치하는 사람처럼 봐야 합니다. 그러면 심연에 숨겨진 뜻과 이유, 본질까지 파악할 수 있습니다. 문학적인 표현도 가능해집니다.

프랑스 3대 작가로 꼽히는 귀스타브 플로베르가 있습니다. 『마담 보바리』(민음사, 2000)를 쓴 작가로 유명합니다. 그는 작품을 관찰로 풀어내는 데 익숙합니다. "나는 파리의 등적부에 적힌 숫자만큼 내 인물을 창조해 낼 수 있다."라고 말합니다. 무수히 많은 인물을 제각기 다른 성격으로 창조해 낼 수 있다는 것입니다. 그가 이처럼 자신 있게 말한 근거는 다음 말에 있습니다. "나는 파리 시내의 모든 사람이 내 소설의 주인공이 될 수 있도록 언제나 뚫어지게 관찰한다."

관찰력이 곧 인물 묘사의 핵심이었던 것입니다. 관찰과 관련된 일화가 있습니다. 귀스타브 플로베르에게 글을 배우겠다고 찾아온 제자가 있었습니다. 제자는 스승과 몇 달 동안 함께 동고동락하며 글을 배웠습니다. 그러나 플로베르는 별 가르침을 주지 않습니다. 이에 제자는 불만을 토로합니다.

"선생님, 제가 소설을 배우기 위해 계단을 수천 번 오르내렸지만 아무런 가르침도 주지 않았습니다."

제자의 말은 들은 플로베르가 말합니다.

"자네, 계단을 그렇게 많이 오르내렸다면 우리 집 계단이 몇 개인지 알고 있겠군."

관찰을 중요하게 여긴 플로베르다운 말입니다. 플로베르의 말에 제자는 아무런 대답도 하지 못했습니다. 관찰보다 언제 가르침을 줄지에 더 마음을 두었기 때문입니다. 스승의 말에서 크게 깨달은 제자는 관찰을 중요하게 여기기 시작했고 세상을 놀랠 작품을 씁니다. 그가 바로 『여자의 일생』, 『목걸이』를 쓴 기 드 모파상입니다.

스케치하듯이 관찰하려면 먼저 겉으로 드러난 것을 잘 봐야 합니다. 눈에 보이는 것을 잘 보았다면 보이는 것을 무엇과 연결하면 좋을지, 대상에 대한 자신의 생각과 느낌을 정리할 수 있어야 합니다. 관찰하려는 대상의 본질도 볼 수 있도록 해야 합니다. 대상의 속성까지 파악할 수 있어야 맛깔난 글, 공감을 이끌어 내는 글을 쓸 수 있습니다.

소설가 이외수는 단어를 맛깔스럽게 표현하기 위해서는 그 속성을 찾아내야 한다고 말합니다. 실전적 문장 비법을 담은 『글쓰기 공중부양』에서 그 의미를 이렇게 전합니다.

속성은 어떤 사물의 특징이나 주요 성질을 말한다. 한 단어는 여러 가지 속성을 가지고 있다. 효과적으로 글을 쓰려면 겉으로 판단되는 속성은 물론이고, 보다 내면적인 속성을 찾아내는 일을 게을리 하면 안 된다. 그것을 사물에 대한 사유의 힘을 키우는 가장 기본적인 자세이다.

그는 표현하려는 사물의 현상이나 단어, 소리, 냄새 등 모든 것의 속성까지 파악할 수 있어야 한다고 목소리를 높입니다. 짧은 글 속에서도 핵심을 꿰뚫은 메시지를 풀어내는 능력은 관찰력에서 비롯됩니다. 자신만의 현미경과 엑스레이를 동원해 대상을 관찰해 보세요. 시인 나태주도 자세히, 오래 보라고 합니다. 그래야 겉으로 드러난 것 이상을 볼 수 있으니까요. 관찰하는 과정에서 자기 삶을 성찰하게 되고 세상을 보는 힘이 생겨납니다. 남들이 보지 못하는 것을 보고 글로 풀어낼 때 타인의 마음을 움직일 수 있습니다.

겉으로 드러난 너머를 잘 보려면 다양한 삶의 경험이 요구되지요. 경험보다 강력한 힘은 없습니다. 경험하고, 느끼고, 생각하며 관심을 가질 때 비로소 본질이 고개를 듭니다. 그래서 김연수 작가는 소설을 가르칠 때 다음과 같은 말로 핵심을 전합니다. 그 의미를 잘 생각하며 다양한 삶의 체험과 경험 속으로 들어가 보시기 바랍니다. 그럴 때 누구도 흉내 낼 수 없는 나만의 언어가 창조될 테니까요.

봄에 대해서 쓰고 싶다면, 이번 봄에 무엇을 느꼈는지 말하지 말고, 무슨 일을 했는지 말하세요. 사랑에 대해서 쓰지 말고, 사랑했을 때 연인과 함께 걸었던 길, 먹었던 음식, 봤던 영화에 대해서 쓰세요. 감정은 절대로 직접 전달되지 않는다는 것을 기억하세요. 전달되는 건 오직 우리가 형식적이라고 부를 만한 것들이에요. 이 사실이 이해된다면 앞으로는 봄이면 시간을 내어서 어떤 특정한 꽃을 보러 다니시고, 애인과 함께 어떤 음식을 먹었는지, 그 맛은 어땠는지, 그날의 날씨는 어땠는지 그런 것들을 기억하려고 애쓰세요.

순간의 생각을 붙잡는 글쓰기

글을 잘 쓰려면 잘 보아야 한다고 했습니다. 스케치하듯이, 대상의 속성, 인생의 경험에서 우러나오는 것까지 관찰해야 합니다. 물론 겉으로 보이는 너머까지 봐야 합니다. 관찰 능력을 글쓰기 전부터 몸에 익혀야 좋은 글을 쓸 수 있습니다.

그런데 관찰만 잘하는 것은 50점에 불과합니다. 관찰만으로 좋은 글을 쓰기 어렵다는 이야기입니다. 왜 그럴까요? 겉으로 보이는 너머의 것을 보고 깨달은 느낌과 성찰이 우리의 뇌 속에서 오랫동안 저장돼 있을 수 없기 때문입니다.

우리 뇌의 특징 중 하나는 망각입니다. 망각을 해야 우리는 살 수 있습니다. 수용된 정보가 삭제되지 않고 모두 저장된다고 생각해 보세요. 아마 하루도 마음 편히 살 수 없을 것입니다. 그래서 뇌는 끊임없이 수용된 정보를 잊으려고 삭제합니다. 나쁜 기억만 삭제하면 좋을 텐데 잊으면 안 되는 소중한 기억까지 삭제합니다. 관찰을 통해 깨달은 느낌과 감정, 지혜도 순식간에 삭제해 버립니다. 그래서 메모가 중요합니다. 메모는 기억을 붙잡아 두는 역할을 하기 때문입니다. 그래서인지 정약용은 "사소한 메모가 총명한 머리보다 낫다."라고 합니다.

관찰한 것을 메모하는 것은 두 가지로 나눌 수 있습니다. 하나는 보이는 것을 메모하는 것입니다. 수용된 정보를 메모하는 것을 말합니다. 수용을 위한 메모는 무언가를 묘사하는 데 도움을 줍니다. 그러나 더 중요한 것은 관찰할 때 생성된 생각을 메모하는 것입니다. 생각을 붙잡아 두는 목적의 메모를 말합니다. 자신의 생각을 메모하는 것이죠. 순식간에 생성된 기발한 생각은 메모해야 자신의 것으로 만들어집니다. 메모하지 않으면 자신의 뇌에서 생성된 생각이라도 자신의 것이 될 수 없습니다. 뇌가 삭제해 버리기 때문입니다. 링컨은 중절모 속에 메모지와 연필을 넣고 다녔습니다. 떠오른 생각을 바로 적어 두기 위해서였습니다.

　메모와 관찰은 떼려야 뗄 수 없는 동반자 같은 관계입니다. 메모하겠다는 마음을 품고 있으면 자연히 자세히 관찰하게 됩니다. 메모할 것을 찾다 보니 허투루 보지 않게 된 것입니다. 자연스럽게 스케치하듯이 삶과 세상을 바라보는 것은 관찰자의 삶을 살게 해 남들이 보지 못하는 것을 보고 삶까지도 변화시킬 수 있게 됩니다. 글을 쓰고 싶을 때마다 멋진 아이디어가 샘솟듯 솟아나면 좋겠지만 그런 일은 어쩌다 한 번에 불과합니다. 창의적인 아이디어는 언제 어느 때 생성될지 알 수 없습니다. 순식간에 떠올랐다 사라지기도 하고, 몰입하는 순간에 떠오르기도 합니다. 생각의 편린들을 의미 있는 결과로 만들어 주는 것은 결국 메모입니다. 메모가 창의적인 산물을 만드는 열쇠인 것입니다.

　스티브 잡스는 자신이 세운 애플에서 경영 실적이 좋지 않다는 이유로 쫓겨난 후 픽사를 공동 창업합니다. 픽사는 1993년 디즈니와 애니메이션 영화를 만들기로 합니다. 세계 최초의 3D 애니메이션이 시작된 것입니다. 시나리오 작업은 여느 영화 작업과 다르게 진행되었습니다. 먼저 회사 복도에 스토리 보드를 설치했지요. 그곳에 아이디어가 떠오를 때마다 자신의 메모를 붙이기로 했습니다. 스토리 메모가 붙으면 애니메이터들은 스케치를 덧입혔습니다. 그렇게 해서 탄생한 작품이 바로「토이 스토리」(1995)입니다. 순간순간 떠오른 아이디어를 메모로 공유하며 3D 애니메이션을 만들었습니다. 작은 메모가 한 편의 거대한 스토리를 완성하는 모티브가 된 것입니다.

창의성의 대가인 아인슈타인은 "만년필, 종이, 휴지통. 이 세 가지만 있으면 어느 곳이든 연구실이다."라고 말했습니다. 메모가 창의적인 산물을 만드는 통로라는 이야기입니다. GE의 CEO 잭 웰치는 식당에서 우연히 떠오른 아이디어를 냅킨에 메모했습니다. 그것은 세 개의 원이었습니다. 잭 웰치는 복잡한 사업 부서를 세 개의 원에 넣으며 분류했습니다. 장래성이 있는 사업은 원 안에 적어 놓고 그렇지 않은 부서는 원 밖으로 꺼내 매각 대상으로 삼았습니다. 냅킨에 적힌 순간적인 생각은 결국 쓰러져 가는 GE를 일으켜 세운 기획으로 거듭납니다. 이 세 개의 원 개념을 얼마나 소중히 여기는지 그의 말을 들어 보면 알 수 있습니다. "그림은 내 비전을 확산하고 실행하는 데 내게 가장 필요했던 단순한 개념 설명 도구였다."

메모는 글쓰기 동기를 부여해 주기도 합니다. 메모된 글을 보면 완성된 글을 써 보고 싶다는 생각이 드니까요. 메모는 당시의 생각을 소환해 무슨 내용을 풀어내야 할지 기억을 되돌려 줍니다. 완성된 글은 아니지만 완성으로 나아가는 매개체 역할을 톡

톡히 합니다. 스마트폰 메모장이든, 노트든 상관없습니다. 중요한 것은 순간순간 떠오르는 생각과 아이디어를 메모로 붙잡아 두는 습관입니다. 그렇게 쌓아 둔 메모가 창의적 산물을 만들고 글쓰기의 재료가 돼 줍니다. 작은 메모 하나에서 삶을 변화시키는 위대한 작품이 탄생합니다.

단기간에 글쓰기 능력을 향상시키는 비결

✒ 한 분야에서 실력 있는 사람이 되는 과정은 비슷합니다. 먼저 롤모델을 선정하는 것입니다. 자신이 원하는 분야에서 뛰어난 사람을 모델 삼아 연습하는 것이죠. 그 사람처럼 되기 위해 훈련하는 것입니다. 골프 선수가 되려면 우상의 스윙을 배우고, 정신 집중 방법, 압박감을 극복하는 법을 따라 익혀야 합니다. 가수가 되려는 사람도 처음에는 롤모델을 정하고 춤과 발성, 표정, 몸짓을 따라 하며 훈련합니다. 그렇게 익힌 실력을 바탕 삼아 자신만의 방법으로 스윙을 하고 창법을 만들어 내는 것입니다.

글쓰기 실력을 향상시키는 방법도 비슷합니다. 우선 자신이 닮고 싶은 작가의 글을 베껴 써 보세요. 베껴 쓰다 보면 롤모델의 글이 자신의 것이 됩니다. 어느 순간 롤모델의 문체가 체화돼 자신도 비슷한 문체로 글을 쓰고 있는 것을 발견하게 됩니다. 그런 과정을 통해 자신만의 문체를 완성해 나가는 것입니다.

베껴 쓰기는 단기간에 글쓰기 능력을 향상시키는 최고의 방법입니다. 베껴 쓰는 대상의 글을 통해 글쓰기 감각을 익히게 되니까요. 글쓰기는 재능과 기술이 아니라 감각의 영역입니다. 감각을 체득해 자신의 것으로 덧입히는 것이 핵심입니다. 그 감각을 단기간에 익히고 단련하는 방법이 바로 베껴 쓰기입니다. 미국의 편집자 제이슨 르클락의 말을 들으면 이해가 쉬울 것입니다. 명로진의 『베껴 쓰기로 연습하는 글쓰기 책』(리마커블, 2016)에 인용된 내용입니다.

> 좋아하는 작가의 문장들을 골라서 베껴 써 보라. 연필로 써도 좋고, 컴퓨터에 옮겨 써도 좋다. 당신의 글쓰기에 영향을 미치는 것들을 대부분 정신적인 것들이다. 그러나 작가의 언어를 당신의 손으로 다시 한 번 써 보는 것은 완전히 새로운 육체적 경험이 될 것이다. 플래너리 오커너나 레이먼드 챈들러가 그들의 대작을 완성할 때 마지막으로 느꼈던 감정의 편린들을 당신도 느끼게 해 주는 그런 경험 말이다.

베껴 쓰기의 효능을 알기에 많은 사람들이 필사를 합니다. 익히 알고 있는 작가들도 베껴 쓰기로 필력을 향상시켰습니다. 안도현 시인은 백석 시인의 시를 베껴 썼습니다. 대학 시절부터 백석 시를 베껴 쓰며 감각을 익혔습니다. 그가 베껴 쓰기를 강조한 내용은 《한겨레》에 연재한 칼럼 「안도현의 시와 연애하는 법」(2008.6.20.)을 통해서도 알 수 있습니다.

> 시의 앞날이 잘 보이지 않을 때, 어쩌다 눈에 번쩍 띄는 시를 한 편 만났을 때, 짝사랑하고 싶은 시인이 생겼을 때, 당신은 꼭 필사하는 일을 주저하지 마라. 그러면 시집이라는 알 속에 갇혀 있던 시가 날개를 달고 당신의 가슴 한쪽으로 날아올 것이다.

글쓰기 전 몸에 익혀야 할 것들

칼럼뿐만 아니라 그는 자신의 저서 곳곳에서 베껴 쓰기 효능을 강조합니다. 『가슴으로도 쓰고 손끝으로도 써라』(한겨레, 2009)에서 이야기한 내용을 보면 알 수 있습니다.

나는 그야말로 필사적으로 필사했다. 그런 필사의 시간이 없었다면 내게 백석은 그저 하고 많은 시인 중의 하나로 남았을 것이다. 그가 내게 왔을 때, 나는 그의 시를 필사하면서 그를 붙잡았다. 그건 짝사랑이었지만 행복했다. 나는 그의 숨소리를 들었고, 옷깃을 만졌으며, 맹세했고, 또 질투했다. 사랑하면 상대를 닮고 싶어지는 법이다.

그는 백석 시를 베껴 쓰며 베스트셀러 작가가 되고 교수가 됩니다. 그래서인지 자신의 제자들에게도 베껴 쓰기를 시킵니다. 학기마다 100~200여 편의 시를 베껴 써 오라고 과제를 내 줍니다. 베껴 쓰기를 통해 작가의 숨결을 느끼고 배우라는 뜻입니다.

웹툰이자 만화책 『미생』의 작가 윤태호는 만화가가 되고 싶었습니다. 어린 시절부터 보았던 만화가 허영만의 제자가 되길 원했습니다. 허영만 만화가의 문하생이 되기 위해 그는 노숙까지 합니다. 노숙한 곳은 허영만 만화가의 아파트 앞이었습니다. 그런 간절함이 그를 문하생으로 만들어 주었습니다. 그는 문하생 생활을 하며 공부를 하다 자신의 만화를 그리고 싶어 그곳을 떠납니다. 야심차게 준비해 그린 만화의 그림은 만족스러웠습니다. 하지만 스토리가 빈약하다는 것을 깨닫고 베껴 쓰기에 돌입합니다. 그는 그때 심정을 이렇게 밝힙니다.

> 만화가가 되겠다고 한 뒤로 스토리 걱정은 하지 않았다. 소설을
> 열심히 읽으면 스토리는 잘 쓰게 될 것이라고 믿었다. 그런데 아
> 니었다. 그때부터 집에 있는 만화책을 모두 버리고 글로 된 책을
> 무조건 필사하기 시작했다. 드라마 「모래시계」 대본, 최인호의 시
> 나리오 전집 등을 모두 베껴 썼다.
>
> —《시사IN》(2013. 5. 24.)에서

그는 대본집과 시나리오를 베껴 쓰며 실감나는 언어와 스토리
전개 방식을 익힌 후부터 인기 만화가 반열에 들어섰습니다. 시
골 의사 박경철도 베껴 쓰기로 필력을 키웠습니다.《조선일보》에
연재된 '이규태 칼럼'을 베껴 쓰며 언어를 다루는 능력을 배운 것
입니다. 베껴 쓰기 효과를 톡톡히 누린 그는 설득하는 글을 쓰려
는 사람은 칼럼을 쓰면 효과적이라고 조언하기도 합니다.
  저도 처음 책을 쓰기 전 베껴 쓰기를 했습니다. 박경철 작가처
럼 열 번 이상 베껴 쓰지는 않았습니다. 하지만 책을 읽다 마음을
울리는 대목을 만나면 베껴 쓰고 저장을 해 두었습니다. 어떤 책
은 수십 페이지를 베껴 썼습니다. 좋은 강의는 강사의 말을 하나
도 놓치지 않고 받아 적었습니다. 영화도 여러 번 반복해서 보며
대사를 베껴 썼습니다. 베껴 쓰다 보니 첫 문장을 시작하는 방법,
마무리하는 방법, 문장 전개, 문단 쓰기, 글의 구성력까지 터득할
수 있었습니다. 제가 쓰려는 글을 어떤 형식으로 풀어내야 할지

글쓰기 전 몸에 익혀야 할 것들

감이 잡혔습니다. 체득된 글의 감각으로 첫 책을 어렵지 않게 마무리할 수 있었습니다. 초고를 쓰고 수없이 고쳐 쓰기를 했지만 전문적으로 글쓰기를 배우지 않고 첫 책을 계약할 수 있었던 요인은 바로 베껴 쓰기였습니다.

베껴 쓰기는 글의 감각을 익히는 것을 뛰어넘습니다. 바로 읽기 능력을 동반 상승시키는 놀라운 효과가 있습니다. 문장을 이해하고 체득하기까지 하려면 무의식적으로 읽어서는 의미 있는 성과를 거두기 힘듭니다. 문장을 베껴 쓰려면 한 단어, 한 문장을 곱씹으며 읽어야 합니다. 의미 단위로 끊어서 읽고 이해해서 쓰기 위해서는 읽기 능력이 동반돼야 합니다. 베껴 쓰기는 저절로 읽기 능력까지 향상시킵니다. 베껴 쓰기 위한 글을 찾으려면 적극적으로 읽어야만 합니다. 그 과정에서도 읽기 능력이 향상되는 것입니다.

그럼 어떻게 베껴 쓰면 효과적일까요? 먼저는 저자가 전하려는 메시지를 어떻게 문장에 담아내는지를 살펴야 합니다. 문장 전개 방식을 생각하지 않고 기계적으로 문장을 베껴 쓰는 것은 에너지 낭비일 뿐입니다. 무의적으로 베껴 쓰려면 차라리 복사하는 것이 좋습니다.

베껴 쓸 때는 반드시 글쓴이의 의도를 찾고 문장과 의미를 분석하며 해야 합니다. 베껴 쓰는 동안 글의 문체가 체득되어 나도 모르게 그의 문장을 흉내 내게 될 정도까지는 해야 좋습니다. 이 작업을 수없이 반복하다 보면 어느 순간 문체가 내 안에 동화되어 가는 것을 느낄 수 있습니다. 글쓰기의 핵심은 문장력입니다.

그러므로 베껴 쓰기를 통해 문장을 어떻게 구성하고 사용하는지를 깨달아 알 수 있도록 해야 합니다.

둘째, 문장과 생각을 펼쳐 가는 방법을 터득했다면 이제는 자신의 언어로 새롭게 고쳐 써 봐야 합니다. 필사한 글에서 보완이 필요하다고 생각한 대목을 집중적으로 다듬어 보는 것입니다. 삭제해도 될 것 같으면 삭제하고, 덧붙이고 싶은 내용이 있으면 보완해 씁니다. 이 과정에서도 어떻게 메시지를 풀어내고 문장을 구성하는지를 터득해야 합니다. 원작보다 낫다는 마음이 들 때까지 고치는 것입니다.

마지막으로는 베껴 쓰고 고쳐 쓴 것을 바탕으로 자신만의 글을 써 봐야 합니다. 베껴 썼던 문체와 글 전개 방식을 토대로 한 가지 주제를 선정해 글을 써 봅니다. 초고를 쓰고 고치겠다는 마음으로 쓰면 마음의 부담이 줄어들 것입니다. 이런 방법을 반복해서 행하다 보면 좋은 문체를 습득하게 되고 나만의 문체까지 완성할 수 있습니다. 어느 순간 전문가 못지않은 문장력을 소유하게 된 자신을 발견할 것입니다. 베껴 쓰는 것의 효과를 의심하지 마십시오. 의심할 시간에 한 문장, 한 대목이라도 베껴 쓰십시오. 그렇게 베껴 쓰며 감각을 익히고 훈련한다면 머지않은 장래에 멋진 자기소개서를 쓰고 원하던 회사에 입사할 수 있을 것입니다. 자신의 책을 쓰는 저자로, 또 어떤 이는 칼럼니스트로, 기고가로 활동할 수 있을 것입니다. 글쓰기 능력을 무기 삼아 삶을 변화시키는 자리로 비상할 수 있습니다.

발췌한 글을 내 것으로 만드는 방법

✒️ 설득력 있는 글을 쓸 때 중요한 것은 자료입니다. 자료가 글쓰기의 8할이라고 말할 정도로 그 힘은 막강합니다. 왜 그럴까요? 필자가 말하려는 의견이나 주장을 설득력 있게 뒷받침해 주기 때문입니다. 독자는 필자의 주장과 설명만으로는 쉽게 설득당하지 않습니다. 왜 그런 생각과 주장이 타당한지 논리적인 근거를 듣고 싶어 합니다. 논리적인 근거로 조리 있게 설명해 줘야 비로소 마음의 문을 엽니다. 하버드대학교 마고 셀처 교수는 그 의미를 이렇게 말합니다. "내가 왜 이렇게 생각하는지, 왜 이렇게 유익한지 전달할 수 없다면 아무도 나를 믿지 않을 것이다. 글쓰기의 목표는 사람들에게 당신의 아이디어가 가치 있다고 확신하게 만드는 것이다."

자신의 주장을 가치 있다고 확신하게 만들어 주는 것이 바로 자료입니다. 자료를 가져다 쓸 때 권위가 있는 사람의 글이면 훨씬 효과적입니다. 그 사람의 권위가 자신에게 이입되기 때문입니다. 그래서 상대의 글을 자신의 것으로 만드는 훈련은 초보 필자가 꼭 훈련해야 하는 덕목입니다. 발췌한 글을 인용하거나 요약해 활용하는 방법이 자신의 글을 돋보이게 하는 핵심이니까요.

발췌한 글을 자신의 것으로 만드는 첫째 방법은 직접 인용입니다. 직접 인용은 발췌한 글을 자신의 글에 그대로 가져다 쓰는 것입니다. 이때는 반드시 출처를 밝혀야 합니다. 어디서 글을 가져왔는지 출처를 밝히지 않으면 표절과 저작권 침해로 곤란을 겪을 수 있습니다. 직접 인용했다는 것을 알리려면 따옴표로 묶은 후 출처를 표시하면 됩니다. 이 책에도 꽤 많은 자료를 인용했습니다. 그 글들을 보며 어떻게 발췌된 자료를 활용하고 있는지 살피면 도움이 될 것입니다. 직접 인용을 할 때 주의를 기울여야 할 것이 있습니다. 자신의 생각보다 직접 인용 내용이 많으면 이것도 저작권 침해 의심을 받을 수 있다는 것입니다. 자료는 자신의 생각을 뒷받침하는 용도로만 활용해야 합니다. 무분별하게 자료를 가져다 쓰면 자신의 생각이 놓일 자리가 오히려 좁아집니다. 저자의 생각과 남의 생각의 구분이 모호하기 때문입니다.

둘째는 요약입니다. 자료를 있는 그대로 직접 활용하는 것이 발췌라면 요약은 텍스트의 핵심을 추려 논리적으로 압축해 자신의 언어로 풀어내는 것을 말합니다. 발췌는 직접 인용이고 요약은 간접 인용으로 생각하면 됩니다. 간접 인용도 원작자와 출처를 밝혀야 합니다. 요약한다고 해서 남의 것이 자기 것이 되지 않습니다. 남의 생각을 자신의 방식으로 이해하고 소화해 논리적으로 재구성했을 뿐입니다. 하지만 남의 텍스트를 자신의 생각으로 이해하고 소화해 자신의 문장으로 정리하기에 직접 인용보다 힘이 있습니다. 자신의 언어와 메시지로 일관성 있게 글을 풀어내야 독자의 마음을 열 수 있는 것은 당연합니다. 요약하는 능력이 탁월하면 수많은 자료를 자유자재로 활용하고 재생산할 수 있게 됩니다. 남의 것을 자기 것처럼 만들어 메시지를 풀어 갈 수 있어

효과적인 글쓰기 수단이 됩니다.

그럼 요약은 어떻게 하면 좋을까요? 먼저 글에서 전하는 핵심 메시지를 읽어 낼 수 있어야 합니다. 독해력이 뒷받침되어야 하는 것이죠. 독해가 안 되면 핵심 메시지를 재구성하는 데 어려움을 겪을 수밖에 없습니다. 글을 쓴 사람의 의도를 간파하는 글 읽기가 돼야 요약도 잘할 수 있습니다. 요약의 성패는 제대로 된 읽기로 좌우됩니다.

텍스트를 요약하기 어렵다면 먼저 말로 해 보는 것도 괜찮습니다. 중학교 2학년을 대상으로 설명해 준다는 생각으로 말해 보는 겁니다. 텍스트에서 주장하는 핵심을 중학생이 알아듣기 쉽게 설명하듯이 간추립니다. 그러다 보면 인용한 내용이 자신의 언어로 재창조됩니다. 그걸 글로 옮기며 논리를 덧입히면 멋진 요약을 완성할 수 있습니다.

글을 재배치하는 것도 하나의 방법입니다. 중심 문장을 바꿔 쓰는 겁니다. 핵심 되는 문장을 적절한 곳에 배치해 풀어내는 방식입니다. 원문의 중심 문장이 첫 문장에 있다면 마지막 문장으로 재배치합니다. 원문과 다른 배치로 글을 재구성해 풀어내면 완전히 다른 글이 될 수 있습니다.

한편 글쓰기 구조를 생각하며 요약하는 방법도 있습니다. 글쓰기는 구조를 짜고 그 구조에 자신의 생각을 덧입히는 과정입니다. 자신의 생각을 논리적으로 설명하며 핵심 주제를 돋보이게 합니다. 글쓰기가 이런 방식으로 진행되므로 요약은 그 반대 논리로 접근해 풀어 보는 것입니다. 글 속에 담긴 논리 구조를 찾아 그 구조에 따라 내용을 줄여 쓰는 겁니다. 다만 자신의 언어로 간 추려야 합니다. 요약이 재창조의 의미를 담고 있기 때문입니다.

처음 글을 쓸 때는 자기 생각을 효과적으로 표현하는 것을 훈 련해야 합니다. 하지만 이것만으로는 독자의 마음을 움직일 수 없습니다. 눈에 보이는 현상, 발췌할 자료를 어떻게 풀어낼 것인 가를 연구해야 합니다. 그 능력에 따라 본인 주장의 설득력이 좌 우됩니다. 발췌한 것을 내 것으로 만드는 방법을 터득하는 것이 글쓰기로 삶을 변화시키는 열쇠가 됩니다.

창의적인 역량은 이렇게 만들어진다

✒   글쓰기는 창의적인 분야입니다. 창의적인 능력이 있어야 글을 잘 쓸 수 있습니다. 그런데 여기서 짚고 넘어가야 할 것이 있습니다. '창의성이 무엇이냐?'라는 것입니다. 새로운 것을 생각해 내는 특성이란 것이 국어사전에 나온 정의입니다. 그렇다고 이 땅에 없던 것이 하늘에서 뚝 떨어진 것처럼 무에서 유가 창조된다는 의미는 아닐 터입니다. 창조는 기존에 있는 것을 비틀고, 뒤집어 보고, 붙이고, 연결하고, 통합할 때 생기는 능력입니다. 세상에 나온 창조물들은 이런 과정을 통해 탄생되었으니까요.

창의적인 능력 없다고 글쓰기를 두려워할 필요는 없습니다. 글을 쓰는 그 자체가 창조이기 때문입니다. 그 의미는 『하버드 수재 1600명의 공부법』(월간조선사, 2002)의 저자 리처드 라이트의 말로 이해하면 좋을 것 같습니다.

나는 졸업반 학생 60명에게 다음과 같은 질문을 했다. "여러분이 대학에서 공부했던 모든 과목을 생각해 보라. 사고방식, 학습, 생활 같은 것에 대해서 가장 큰 영향을 준 과목은 무엇인가? 또한 특별한 가치가 있는 과목은 어떻게 조직되어 있었는가?" 여기서 나온 결과는 예상하지 못한 것이었다. 학생들은 자기에게 가장 큰 영향을 준 과목은 리포트가 있는 과목이었다고 말한다.

학생들이 리포트의 중요성을 이야기한 이유는 무엇일까요? 글을 쓰는 과정에서 창의적인 역량, 자신의 생각을 체계적으로 전달하는 능력이 향상되었기 때문일 것입니다. 사회에서는 자신의 생각을 논리적으로 표현할 수 있는 사람을 필요로 합니다. 논리적으로 표현하려면 다양한 이야기들을 붙이고, 연결하고, 재조직해야 합니다. 창의성이 형성되는 과정도 이와 같습니다.

글을 쓰기 전 몸에 익혀야 할 것 중 하나는 수용된 정보를 다른 것과 연결하는 능력입니다. 수용된 정보가 기존의 지식과 연결되고 통합될 때 멋진 글이 탄생될 수 있습니다. 소설가 김훈은 네이버 '지식인의 서재'와 인터뷰 중 연결의 중요성을 이렇게 말합니다. "책을 읽더라도, 책 속에 있다는 그 길을 세상의 길과 연결을 시켜서, 책 속의 길을 세상의 길로 뻗어 나오게끔 하지 않는다면 그 독서는 무의미하다고 생각해요."

수용된 정보를 연결해 의미 있는 결과로 만들라는 뜻입니다. 요리로 치면 주재료를 부각하기 위한 부재료를 선택하는 것입니다. 주재료의 본연의 맛을 살릴 수 있는 부재료와 양념 선택이 요리의 성패를 좌우합니다.

스티브 잡스는 인문학을 IT와 연결했습니다. 인문학에서 얻은 통찰을 바탕으로 IT 기술과 연결하고 통합하고 조직화했지요. 그렇게 해서 i시리즈가 탄생한 것입니다. 페이스북의 마크 저커버그는 연결하고 통합하는 능력으로 페이스북을 만들어 냈습니다. 그는 컴퓨터 과학, 심리학, 고전과 역사, 매체학, 사회학 등을 섭렵했습니다. 다양한 장르를 섭렵한 것을 바탕 삼아 세상을 한층 열린 사회로 만드는 데 활용합니다. 사람들과 접근하고 연결하는 능력은 사회학과 심리학으로, 기술적인 측면의 접근은 컴퓨터 관련 분야로 해결했습니다. 그렇게 해서 사람과 사람을 연결해 주는 새로운 라이프스타일이 탄생한 것입니다.

글쓰기도 다르지 않습니다. 자신이 쓰려는 글을 돋보이도록 연결할 거리를 찾는 겁니다. 연결 도구가 무엇이냐에 따라 자신의 글이 돋보일 수도 묻힐 수도 있습니다. 자신이 쓰려는 글을 다른 재료와 멋지게 연결하고 버무리려면 준비해야 할 것이 있습니다. 바로 충분한 정보입니다. 내재돼 있는 정보가 많을수록 효과적인 취사선택이 가능합니다. 정보가 빈약하면 비슷한 글을 요리하게 됩니다. 정해진 재료로는 창의적인 산물을 만들어 내기 힘듭니다. 즉 내면의 스키마schema에 따라 승부가 갈립니다. 스키마의 중요성은 글쓰기 코치 송숙희의 말을 들으면 이해가 쉽습니다. 그녀는 『성공하는 사람들의 7가지 관찰 습관』(위즈덤하우스, 2010)에서 전합니다.

스키마란 한 사람이 내면에 쌓아 놓은 지식이나 경험, 정보 등의 구성 체계를 뜻한다. 스키마는 우리의 기억 속에 저장되어 있는 모든 유무형의 경험을 뜻하는 것으로, 세상에 대한 우리 각자의 인식을 형성한다. 즉 경험을 토대로 구축된 사전 지식이나 배경 지식이 인식의 안에 체계적으로 자리 잡고 있는 것을 스키마라 한다. 스키마 이론에 따르면 스키마에 따라 외부 자극이 다양한 결과를 낳는다는 것이다. 글이나 책을 읽을 때 그 의미는 텍스트 안에 있는 게 아니라 읽는 이의 스키마로 이해하는 범위 내에 서만 존재한다는 것이다.

수용된 정보를 비틀고, 뒤집어 보고, 붙이고, 연결하고, 통합할 때 창의적인 산물이 창조됩니다. 그래서 스키마를 쌓는 노력을 기울여야 합니다. 책을 읽으면 초서하고, 메모해야 합니다. 실패도 좋은 자산이 됩니다. 누구도 흉내 낼 수 없는 글감은 실패를 통해서 형성되니까요. 경험도 많을수록 글을 쓰는 데 도움이 됩니다. 많이 보고 느끼고 경험한 것만큼 연결고리가 다양해지고 글도 풍성하게 쓸 수 있으니까요.

한 문장을 쓰더라도 자신이 전하려는 메시지에 무엇을 연결하면 좋을지 끊임없이 생각해야 합니다. 자신의 삶과 연결할지, 유행하는 사회적인 현상으로 연결할지, 인문 고전으로 깨달은 성찰을 연결할지, 아니면 영화나 다큐멘터리로 연결할지 고뇌의 시간이 필요합니다. 연결 짓고 통합하는 능력을 터득할 때 자신만의 글쓰기 공식이 완성됩니다. 그러면 누군가를 설득하는 글도, 자신의 생각을 논리적으로 풀어내는 글도 거뜬히 쓸 수 있게 됩니다. 글쓰기가 무기가 되는 삶을 살려면 글쓰기 전 준비해야 할 것들을 성실히 수행해야 할 것입니다. 기초가 탄탄하면 어떤 건물도 거뜬히 세울 수 있으니까요.

글쓰기 전 몸에 익혀야 할 것들

66 수용된 정보를 비틀고,
뒤집어 보고, 붙이고, 연결하고,
통합할 때 창의적인 산물이
창조됩니다. 99

6

초고 쓸 때 염두에 둬야 할 것들

글쓰기는 종이에 낱말을 늘어놓는 것

✒️   글쓰기 전 몸에 익혀야 할 것들을 차근차근 준비했습니다. '이 정도면 되겠지.' 하고 이제 본격적인 글쓰기를 하려 합니다. 그런데 첫 문장을 시작하기가 쉽지 않습니다. 노트를 펴거나 컴퓨터 자판 앞에 앉으면 머리가 복잡해집니다. 수많은 생각과 문장들이 머릿속을 떠돌아다니기 때문입니다. 어떤 생각과 문장을 끄집어내야 할지 도통 알 수 없어 혼란스러워하다 슬그머니 자리를 박차고 일어나기 일쑤입니다.

많은 사람들이 이와 같은 과정을 겪습니다. 저도 그랬으니까요. 세 시간을 앉아 있었지만 한 문장도 완성하지 못했습니다. 생각이 너무 많아 첫 문장을 시작조차 할 수 없었습니다. 쓰고 지우기를 반복하다 멈추고 말았습니다.

많은 사람들이 첫 문장을 시작하지 못하는 이유는 생각이 너무 많기 때문입니다. 그 의미는 『누구나 글을 잘 쓸 수 있다』(예담, 2004)의 로버타 진 브라이언트의 말로 이해하면 좋을 듯합니다. 그는 저서에서 "글쓰기는 행동이다. 생각하는 것은 글쓰기가 아니다. 글쓰기는 머리가 아닌 종이에 낱말을 늘어놓는 것이다."라고 말합니다. 생각하지 말고 쓰라는 겁니다. 생각이 너무 많으면 글의 줄기를 파악하기 어렵기 때문입니다. 또 생각은 한순간에 형성되지 않습니다. 생각이 자라려면 시간이 걸리기 때문이 생각한 후 글을 쓰기는 어렵다는 메시지입니다.

숀 코너리가 주연한 「파인딩 포레스터」(2000)라는 영화가 있습니다. 영화는 『호밀밭의 파수꾼』의 저자 데이비드 샐린저를 모델로 만들었습니다. 영화에서 주인공 윌리엄 포레스터는 우연히 자말이라는 아이의 문학적 재능을 발견하고 글쓰기를 돕습니다. 자말이 어떻게 문장을 전개할지 몰라 쩔쩔매고 있을 때 포레스터는 조언합니다.

"글은 생각하고 쓰는 것이 아니야. 아무 생각 없이 쓰는 거야. 아무 생각 없이 자판을 두들기다가 마침내 살아남은 단 한 가지의 그 무엇에 대해 쓰면 되지. 작문의 첫 번째 열쇠는 그냥 쓰는 거야. 생각하지 말고."

이 말은 일단 써 보라는 것입니다. 머리로 너무 고민하지 말고 손이 따라가는 대로 써 내려가면 저절로 쓸거리가 생긴다는 이야기입니다. 소설가 루이 라모어도 이 말에 동의합니다. "무언가를 쓰기 시작하면 아이디어는 반드시 떠오른다. 물이 나오게 하려면 수도꼭지를 틀어야 한다."

처음 글을 쓰면 이 말의 의미를 이해하기 힘듭니다. 그러나 위의 조언처럼 글을 일단 시작하고 나면 무슨 뜻인지 알아차립니다. 무엇을 쓸 것인지 생각했다면 무조건 첫 문장을 시작하는 겁니다. 그러면 저절로 다음 문장이 생성되는 것을 느낍니다. 그러니 첫 문장을 시작할 때 머리 싸매고 생각에 몰두하지 마세요. 그럴 시간이 있으면 그냥 첫 문장을 시작해 보는 겁니다. 그러면 자동으로 다음 문장이 생각나고 저절로 자판을 두드리는 소리가 연결될 것입니다.

세계적인 글쓰기 전도사 내털리 골드버그가 있습니다. 우리나라에서도 그녀의 글쓰기 책은 많은 사랑을 받을 정도로 인기가 있습니다. 그녀는 『뼛속까지 내려가서 써라』(한문화, 2018)에서 처음 글을 쓰는 사람들을 위해 이렇게 조언합니다.

첫째, 머리에 떠오른 첫 생각을 쓴다. 무조건 생각나는 것을 써 보는 것이다. 일단 쓰다 보면 쓸거리들이 꼬리에 꼬리를 물고 나타나게 되어 있다. 둘째, 펜을 놓지 않고 계속 쓴다. 방금 쓴 글을 읽기 위해 손을 멈추지 말라는 것이다. 그렇게 되면 지금 쓰는 글을 조절하려고 머뭇거리게 된다. 셋째, 편집하지 않고 떠오르는 대로 쓴다. 쓸 의도가 없는 글을 쓰고 있더라도 그대로 밀고 나가라는 것이다. 넷째, 오·탈자나 문법에 얽매이지 않는다. 다섯째, 마음을 통제하지 말고 마음 가는 대로 내버려 두어라. 일단 쓰는 것이 목적이다.

이 말은 일단 죽이 되든 밥이 되든 걱정 말고 일단 쓰라는 것입니다. 글을 쓰다 보면 쓸거리가 생성돼 마침내 마침표를 찍을 수 있게 됩니다. 너무 잘 써야겠다는 욕심에서 벗어나십시오. 글을 쓰는 첫 번째 목표는 일단 글의 완성입니다. 초고를 완성하는 데 목표가 있으니 무조건 써야 합니다. 로버타 진 브라이언트의 말을 들으며 초고를 완성하는 데 다다르도록 해 보십시오.

글 쓰는 내내 머릿속의 검열자가 잔소리를 한다면, 그리고 그 때문에 글쓰기가 안 된다면, 일단 그걸 무시하라. 무시하고 진행해서 글을 다 써라. 그다음에 고쳐 쓰면 된다. 또 외부 비판자나 독자가 버겁다면 일단 무시하라. 글을 끝낸 다음에 생각하라.

초고 쓸 때 염두에 둬야 할 것들

글쓰기 법칙보다 중요한 것

✒️   글을 쓰다 보면 자기 검열을 할 때가 많습니다. 자꾸만 뒤를 돌아보며 쓴 글을 검열합니다. 어색한 부분은 없는지, 매끄럽게 읽히는지, 미사여구를 동원할 자리가 있는지를 생각하며 돌아봅니다. 맞춤법이나 띄어쓰기가 잘되었는지도 살핍니다.

자꾸만 뒤를 돌아보는 것은 멋있는 글을 쓰려는 욕심에서입니다. 맞춤법이나 띄어쓰기로 창피당할까 봐 자꾸 돌아보며 고치기를 반복합니다. 좋은 글을 쓰겠다는 노력은 칭찬받아 마땅합니다. 하지만 더 중요한 것은 자신이 전달하려는 메시지를 제대로 전달하는 것입니다.

문장의 정의를 생각하면 이해가 쉽습니다. 문장은 "사고나 감정을 말로 표현할 때 완결된 내용을 나타내는 최소의 단위"라고 정의됩니다. 자기 내부의 표현을 상대방에게 전달하는 것이 문장이 존재하는 이유입니다. 효과적으로 전달하기 위해 주제, 소재, 구성, 표현에 신경 써야 하죠. 이 네 가지가 문장의 4요소입니다.

문장의 목표는 자신이 말하려는 내용을 읽은 이에게 잘 전달하는 것입니다. 그거면 됩니다. 전달에 목적이 있으므로 멋진 글을 쓰겠다는 욕심을 버려야 합니다. 대신 메시지를 잘 전달할 수 있도록 흐름을 유지하는 데 신경 써야 합니다. 글을 흐름을 놓쳐버리면 효과적으로 자신의 생각을 전달할 수 없기 때문입니다.

「올드보이」(2003), 『친절한 금자씨』(2005)의 박찬욱 감독이 있습니다. 그는 천만 관객을 동원할 정도로 연출력이 뛰어납니다. 연출력 못지않게 탄탄한 시나리오도 흥행의 성공 요소였습니다. 그는 《할리우드 리포트》와의 인터뷰에서 시나리오를 쓰는 원칙을 이야기한 적 있습니다.

나는 줄거리를 순식간에 만든다. 일단 이야기의 윤곽이 잡히면 가능한 한 빨리 시나리오 초안을 써내려 애쓴다. 뒤에 가서 어려운 장면이 생기면 시나리오를 다시 정리할 수 있겠지만 어쨌든 빨리 초안을 끝내는 것이 중요하다. 「복수는 나의 것」(2002)은 단 스무 시간 만에 초안을 완성했다. 다음 단계에서 시나리오는 몇 달 동안 손질을 거친다.

스무 시간 만에 영화 한 편의 시나리오를 완성하려면 어떻게 해야 할까요? 멋진 글을 쓰겠다는 생각보다 흐름을 생각하며 시나리오를 작성해야 합니다. 꼬리에 꼬리를 물고 이어지는 대사와 장면들을 놓치지 않게 쓰는 것입니다. 시나리오뿐만 아니라 다른 장르의 글도 다르지 않습니다. 글을 시작했다면 무조건 직진입니다. 메시지를 풀어내겠다는 생각으로 일방통행해야 합니다. 글의 흐름에 생각을 맡기고 나가는 데만 신경을 곤두세워야 합니다. 절대 검열하려고 뒤를 돌아봐서는 안 됩니다.

저는 40대 초반에 『러브 스토리』라는 자서전을 썼습니다. 두 아들에게 할아버지, 할머니, 그리고 부모의 삶의 이야기를 들려

초고 쓸 때 염두에 둬야 할 것들

주겠다는 의도로 풀어낸 이야기였지요. 오직 삶의 이야기를 풀어내는 데 역량을 집중했습니다. 조부모, 부모의 삶의 이야기가 어떻게 펼쳐졌는지를 중심으로 이야기를 전개했습니다. 어린아이들에게 부담 없는 쉬운 언어로 풀어냈습니다. 그러다 보니 꽤 빠른 시간에 자서전 한 권을 완성할 수 있었습니다. 자서전을 쓴 후 저의 콘텐츠로 책을 써야겠다고 생각했습니다. 글쓰기로 인생을 설계한 '미래 자서전 쓰기'를 중심으로 글을 풀어냈습니다. 꽤 많은 논문과 전공서적을 읽으며 논리적 근거를 마련했습니다. 학생들과 미래 자서전 쓰기를 진행했던 자료들도 준비했습니다. 어떻게 책을 풀어낼지 설계도를 그린 후 글쓰기에 돌입했는데 길지 않은 시간에 초고를 완성할 수 있었습니다.

저는 책 쓰기에 돌입하면 초고를 3개월 안에 완성한다는 규칙을 세워 둡니다. 매일 글을 쓰며 흐름을 유지하며 노력합니다. 메시지를 전달하는 데 초점을 맞추고 글을 풀어냅니다. 그렇게 전체 이야기를 풀어낸 다음 고치기를 반복합니다. 글의 흐름이 어색한 부분은 재배치하고, 부적절한 어휘나 맞춤법도 점검합니다. 첫 책도 계약한 후 1년여 동안 고치기를 반복한 후에 출간되었습니다. 이런 과정으로 책을 쓰다 보니 어느덧 16권이 되었습니다. 전자계 산학과를 졸업하고 전문적인 글쓰기 교육을 받지 않았음에도 다작할 수 있었던 비결은 여기에 있습니다.

좋은 문장에는 3C가 있어야 한다고 합니다. 3C는 Clear(분명), Correct(정확), Concise(간결)입니다. 3C법칙은 문장의 정의를 분명하게 제시합니다. 문장은 상대에게 자신의 생각을 전달하는 데 목적이 있다는 겁니다. 그러니 글쓰기 법칙이나 멋진 문장을 써야 한다는 부담을 떨쳐야 합니다. 글쓰기 법칙보다 중요한 것은 글의 흐름을 놓치지 않고 써 나가는 것입니다. 그래야 자신의 생각을 효과적으로 풀어낼 수 있으니까요.

✒ "싫증나는 문장보다 배고픈 문장을 써라." 몽테뉴의 말입니다. 처음 글을 시작하는 청춘이라면 이 말을 마음에 새겨야합니다. 처음 글을 쓴 사람들의 특징은 문장이 길다는 것입니다. 앞에 한 말을 이어 가려는 관성 때문에 문장이 길어지죠. 쉽게 마침표를 찍지 못하다 보니 지리멸렬한 글을 쓰고 맙니다. 어떨 때는 쓰고 있는 자신조차 무슨 말을 하고 있는지 헷갈릴 때가 있습니다. 때로는 너무 짧게 쓰면 메시지가 제대로 전달되지 않을까봐 필요 이상으로 길게 풀어내기도 합니다.

문장을 길게 늘어놓으면 읽는 사람이 자연히 어려움을 느낍니다. 한 문장에 많은 메시지를 담아내도 싫증납니다. 같은 어휘를 자주 반복해도 지루합니다. 자신이 전하는 메시지가 효과적으로 전달되지 않은 것 같아 반복해서 쓴 글도 싫증을 유발합니다. 멋진 문장을 쓰려는 욕심이 과하면 싫증나는 문장을 쓰게 됩니다. 문학적으로 아름답게 보이려는 글을 쓰면 멋질 것 같은데 막상 읽어 보면 무슨 의미인지 불분명할 때가 많습니다.

그럼 배고픈 문장은 어떻게 쓰면 좋을까요? 배고픈 문장은 간결합니다. 늘어뜨리지 않고 핵심을 툭툭 던지듯이 풀어내야 합니다. 간결하게 풀어내도 충분히 메시지를 전달할 수 있습니다. 간결하게 쓰려면 하나의 문장에 하나의 생각만 쓰는 게 좋습니다.

한 문장에 여러 생각과 메시지를 서술하면 무슨 의미인지 이해하기 힘듭니다. 수식어를 최대한 쓰지 않겠다고 생각하고 쓰면 간결하게 풀어낼 수 있습니다. 다시 한 번 이야기하지만 문장의 핵심 목표는 단일 메시지의 전달이기 때문입니다.

이외수 작가도 처음부터 문장을 꾸미지는 말라고 조언합니다. 문장을 꾸미려는 욕심이 앞서면 글이 산만해지기 때문이랍니다. 그의 저서『글쓰기 공중부양』을 보면 이해가 쉽습니다.

나는 사방에서 매미들이 주변의 나무들이 진저리를 칠 정도로 목청을 다해서 발악적으로 시끄럽게 울어 대는, 맞은편에서 사람이 오면 비켜설 자리가 없을 정도로 비좁은 오솔길을 혼자 쓸쓸히 걷고 있었다.

문장에서 무엇을 묘사하고 있는지, 저자가 이 글을 통해 무슨 말을 하고 있는지 머릿속에서 잘 그려지나요? 글을 쓴 사람이 무슨 이야기를 하고 싶은지 짐작할 수는 있지만 쉽게 읽히지 않습니다. 너무 멋지게 쓰려고 했기 때문입니다. 이 글을 툭툭 던지듯이 바꾸면 이해도 쉽고 읽기도 편합니다. 다음 글은 위 글을 간결한 문장으로 바꾼 것입니다. 위 글과 아래 글을 읽어 보고 어떻게 쓰는 것이 더 좋을지 생각해 보세요.

나는 오솔길을 걷고 있었다. 혼자였다. 오솔길은 비좁아 보였다. 맞은편에서 오는 사람과 마주치면 비켜설 자리가 없을 정도였다.

초고 쓸 때 염두에 둬야 할 것들

매미들이 시끄럽게 울어대고 있었다. 발악적이었다. 주변의 나무들이 진저리를 치고 있었다.

어떻습니까? 글을 읽으면 장면이 머릿속에서 선명하게 그려지는 것을 느낄 수 있을 겁니다. 문장은 짧은데 메시지는 더 명확하게 전달됩니다. 그러므로 처음 글을 쓸 때부터 짧게 툭툭 던지듯이 문장을 전개하는 방법을 훈련해야 합니다. 저는 이와 같은 문장 전개 방식을 '2·3~4법칙'이라고 합니다. 두 문장이나 세 문장은 짧게 쓰고 한 문장은 호흡을 길게 쓰는 것입니다. 그러면 단문만을 늘어놓는 것보다 훨씬 읽기가 편합니다. 문학적인 표현도 가능해집니다. 호흡을 길게 하는 문장에서 하고 싶은 말을 마음껏 늘어놓으면 되기 때문입니다.

글 잘 쓰는 사람들의 글의 읽어 보면 2·3~4법칙이 어김없이 적용된 것을 발견할 수 있습니다. 글을 잘 쓰기로 소문난 한비야의 글을 살펴보겠습니다. 자신이 글을 쓰기 위해 어떤 노력을 기울이는지에 대한 이야기입니다. 『그건 사랑이었네』에 수록된 글인데 2·3~4법칙을 생각하며 읽어 보세요.

두 번째 몸부림은 몰두다. 내 글이 술술 읽히니까 쓸 때도 일필휘지로 쓰는 줄 안다. 아니다. 내가 말도 빠르고 걸음도 빠르고 밥도 빨리 먹지만 글은 한없이 느리게 쓴다. 날밤을 새우고 또 새운다. 밤을 새워서 좋은 글이 나온다면 한 달이라도 새우겠다. 밤을 새울 때마다 머리를 쥐어뜯으며 도대체 이렇게밖에 못하면서 무슨 글을 쓴다고 나섰느냐며 자학까지 한다.

쉽게 읽히니 이해도 쉽습니다. 이런 글을 쓰려면 이야기하듯이 쓰면 좋습니다. 말하듯이 쓰면 자신도 모르게 2·3~4법칙이 적용됩니다. 인디 라이터로 불리는 명로진은 말하듯이 쓰라고 조언합니다. 기자 출신답게 그의 글은 간결합니다. 그러면서도 메시지 전달력이 탁월합니다. 그는 『베껴 쓰기로 연습하는 글쓰기 책』에서 이야기하듯이 쓰라는 의미를 전합니다.

❶ 순수 미술을 전공하고 패션 관련 일을 하고 싶어 하는 스물다섯 살의 나는 조급한 성격은 아니지만 큰일에 담담하고 작은 일에 소심한 성격을 가져서 사람들이 의외라며 놀라기도 한다.

❷ 나는 순수 미술을 전공했다. 나이는 스물다섯 살이며 패션 관련 일을 하고 싶다. 나는 조급한 성격은 아니다. 큰일에 담담하고 작은 일에 소심한 성격을 가졌다. 그래서 사람들이 의외라며 놀라기도 한다.

❶ 글처럼 말하는 사람이 있을까요? 말하는 것처럼 바꾼 것이 ❷ 글입니다. 글을 읽을 대상에게 말하듯이 쓴다는 생각으로 써보세요. 그러면 2·3~4법칙을 자유자재로 활용할 수 있을 테니까요.

단락은 여러모로 힘이 세다

초고를 쓸 때 단락의 의미를 기억하며 쓰는 훈련이 필요합니다. 단락의 의미만 잘 생각하고 써도 싫증나지 않는 글을 쓸 수 있으니까요. 메시지 전달을 효과적으로 할 수 있는 비법도 단락에 있습니다. 단락이 문장에 생명력을 불어넣어 주기 때문입니다.

단락의 사전적 의미는 "글이나 음악, 영화 등의 이야기 진행 과정에서 내용상 일단 끊어지는 자리"를 말합니다. 하나의 생각 덩어리입니다. 하나하나의 문장들이 모여 하나의 생각 덩어리를 만들어 가는 것이 글쓰기입니다. 생각 덩어리는 한 편의 글이라는 건물을 세우는 벽돌과 같습니다. 벽돌을 제대로 쌓아야 원하는 건물을 세울 수 있듯이 한 편의 글은 단락을 제대로 쓸 수 있어야 의미 있게 완성됩니다. 단락은 생각의 꺾임 단위입니다. 단락을 바꾼다는 것은 이전과 다른 생각을 글로 풀어내겠다는 신호입니다. 새로운 방향으로 선회해 글을 쓰겠다는 표현이지요. 다른 이야기를 쓰겠다는 표현 없이도 단락이 나뉘면 다른 이야기가 전개되고 있다고 읽는 사람은 이해합니다. 문맥의 변화를 꾀하고 있다고 말입니다. 자연스럽게 다른 이야기로 변화를 모색할 수 있는 기술이 단락에 있는 겁니다.

단락은 글을 읽고 이해할 때도 도움을 줍니다. 단락이 생각의 꺾임 단위이자 문맥의 변화를 유도하므로 단락을 잘 보면 저자의 호흡을 엿볼 수 있습니다. 가파른 계곡을 흐르는 물처럼 빠르게 생각을 꺾고 전개하는지, 아니면 잔잔한 호수의 물결처럼 천천히 풀어내는지 한눈에 들어옵니다. 단락을 잘 읽어 내면 글을 이해하고 분석하는 데도 도움이 됩니다. 단락에서 주제문을 찾아 전체를 연결해 보면 글의 핵심을 파악할 수 있기 때문입니다. 그래서 단락을 문장의 마술사라고 말하는 것입니다.

고등학교에서 어린 시절 자기 삶의 이야기 한 편을 써 오라는 과제를 내주었습니다. 10포인트로 한 페이지 분량의 글을 써 오라고 했지요. 많은 학생들이 글을 써 왔습니다. 그런데 유독 한 학생의 글이 눈에 띄었습니다. 한 페이지를 네 문장으로 쓴 것입니다. 단락도 나누지 않았습니다. 글을 첨삭해야 하는데 도저히 읽어 나갈 수가 없었습니다. 무슨 뜻인지 알 수도 없을뿐더러 읽고 싶은 생각도 들지 않았습니다. 어떻게 할 수 없어 되돌려 준 기억이 아직도 생생합니다.

대다수 초보 필자는 단락을 중요하게 생각하지 않습니다. 문장을 서술하기도 바쁜데 단락까지 나누려고 하면 머리가 아파서일까요. 어떻게 단락을 나눠야 할지 몰라 그냥 문장을 풀어내기 급급할 수도 있습니다. 한 단락에 여러 가지 생각을 표현하고 다른 이야기가 전개되어도 단락을 나누지 않죠. 체계적으로 벽돌을 쌓아야 하는데 마음 내키는 대로 쌓기 바쁜 꼴입니다. 그러다 보니 좋은 글을 쓰기 어려워지는 것입니다.

그럼 어떤 경우에 단락을 나눠야 할까요? 첫째는 전개하고 있는 내용과 다른 이야기를 하고 싶을 때입니다. 의견이나 논리를 바꿔야 할 때는 단락을 나눠야 합니다. 다른 생각으로 글을 풀어내고 싶을 때 바꾸는 것입니다. 둘째는 총론에서 각론, 각론에서 총론으로 내용을 전개할 때 바꿉니다. 뭉뚱그려 이야기하는 개괄에서 구체적인 내용을 기술할 때도 단락을 나누면 좋습니다. 셋째로 인물과 장소, 시간이 바뀔 때도 단락을 나눠야 합니다. 넷째, 특정 문장을 강조할 때도 단락을 나눕니다. 인용한 내용을 강조하고 싶을 때도 단락을 나눕니다. 아주 짧은 하나의 문장도 강조하고 싶으면 그 문장 하나를 단락으로 세우면 됩니다. 인용문을 독립시킬 때도 단락을 나누면 이해가 쉽습니다.

글의 구성 요소를 알면 더 효과적으로 단락을 나눌 수 있습니다. 글마다 요구되는 구성 요소들이 있습니다. 그 구성 요소를 따라 단락을 나누면 어렵지 않게 초고를 완성할 수 있습니다.

논증하는 글, 즉 칼럼은 '주장하기 → 이유 대기 → 근거와 예시(사례) → 의견 강조 또는 제안하기'로 구성됩니다. 그러므로 논증하는 글은 대략 네 단락으로 쓸 수 있습니다. 근거와 예시에 따라 단락이 늘어날 수도 있습니다.

에세이를 쓴다면 하버드 대학에서 쓰는 구성 요소를 따라 해 보는 것도 도움이 됩니다. 하버드 대학에서는 학생들에게 에세이를 가르칠 때 5단락의 글을 쓰도록 합니다. 자신이 전하는 메시지를 효과적으로 전달하는 데 아주 유용한 방식이지요. 아래는 하버드식 메시지 서술 구성 요소입니다.

구성 요소를 알면 그 단락에 무엇을 써야 할지 가늠이 됩니다. 어떤 내용으로 글을 전개할지, 어떻게 문맥의 흐름을 잡아가야 할지 알 수 있습니다. 단락 쓰기가 어렵지 않으니 초고도 쉽게 완성이 가능합니다.

단락을 자유자재로 쓸 수 있는 능력을 키우는 길이 글쓰기 고수로 거듭나는 비결입니다. 의미 단위로 단락을 만들고 단락들을 효과적으로 연결해 보세요. 그럼 술술 읽히는 글을 쓸 수 있을 테니까요.

멋진 글보다 쉬운 글이 좋다

4차 산업혁명 시대에는 의사소통 능력이 뛰어난 사람이 앞서갈 수 있다고 했습니다. 자신의 생각을 효과적으로 표현하는 능력이 무엇보다 중요해진 겁니다. 표현에 성공해야 진짜 자신의 실력을 증명할 수 있으니까요.

자신의 생각을 표현하는 도구는 세 가지입니다. 첫 번째는 삶입니다. 살아가는 모습으로 추구하는 가치나 생각이 표현됩니다. 그래서 탈무드에는 이런 이야기가 나옵니다. 저명한 랍비인 아키바가 임종을 앞두고 있었습니다. 그에게는 공부 잘하는 아들이 있었습니다. 아들에 아버지 아키바에게 말을 합니다.

"아버님, 돌아가시기 전에 부디 아버님 친구들에게 제가 얼마나 학문을 잘하는지, 얼마나 실력이 있는지 말씀해 주십시오."

아버지는 아들의 부탁에 이렇게 대꾸합니다.

"애야, 나는 추천해 주지 않겠다. 평판이 곧 가장 좋은 소개장인 것이니까."

삶으로 보여 주는 것이 가장 좋은 소개장이라는 말입니다. 죽음을 앞둔 아버지가 한 말치고는 의미심장합니다. 누군가에게 자기 삶을 의탁하지 말고 스스로 인생의 문제를 해결해 나가라는 메시지이겠지요.

두 번째는 말입니다. 말은 평소 품고 있는 생각과 가치가 드러나는 가장 보편적인 통로입니다. 그 사람의 생각과 삶을 알려면 그가 하는 말을 살피면 손쉽게 알 수 있습니다.

세 번째는 글입니다. 정제된 글뿐만 아니라 카카오톡과 문자로 남기는 글도 자기 생각을 나타내는 도구입니다. 세 가지 도구 모두 내면에 감춰진 생각과 가치, 추구하는 인생관, 삶의 메시지를 전달하는 도구로 활용됩니다.

청춘들이 표현하며 사는 모습은 모두 제각각입니다. 처한 환경, 살아가고 있는 시대, 배우고 있는 학교, 몸담고 있는 직장과 직위에 따라 표현하는 방식과 어휘가 다릅니다. 그런데 가만히 사용하는 언어를 보면 조금이라도 배웠다고 생각하는 사람들이 어려운 어휘를 쓰려고 합니다. 남들이 쉽게 쓰지 않은 어휘와 개념, 사자성어, 때로는 영어 단어까지 활용하며 이야기를 풀어내려 합니다. 왜 그럴까요. 어휘력이 곧 그 사람을 대변하기에 그렇습니다. 그렇다고 어렵고 고상한 어휘를 사용한 글이 좋다고 말할 수는 없습니다.

고위 공직자들의 글쓰기 강의를 가면 어려운 어휘들이 유난히 많습니다. 익숙하지 않은 단어들도 많고, 한자로 쓰인 글도 자주 봅니다. 그러면 저는 단어의 뜻을 묻습니다. 어려운 내용일 것 같아 물어보면 속뜻은 그리 어렵지 않습니다. 그런데도 왜 어려운 단어, 멋진 단어를 선택할까요? 어렵고 멋지게 글을 쓰면 그 어휘력만큼 자신이 존중받고 있다고 생각하기 때문입니다.

반복적으로 이야기하지만 글은 쉽게 써야 합니다. 단행본일 경우 중학교 2학년이 읽어도 이해되게 써야 합니다. 리포트, 감상문, 남에게 보여 주는 글까지 쉽게 쓰려고 해야 합니다. 왜냐하면 글은 전달이 첫째 목적이기 때문입니다. 전달력이 좋은 글은 역시 쉬운 글입니다. 쉬운 표현을 써야 전달도 쉽습니다. 글쓰기의 대가라 불리는 스티븐 킹은 『유혹하는 글쓰기』에서 말합니다.

> 글쓰기에서 정말 심각한 잘못은 낱말을 화려하게 치장하려고 하는 것이다. 쉬운 낱말을 쓰면 어쩐지 좀 창피해서 굳이 어려운 낱말을 찾는 사람들이 있다. 그런 짓은 애완동물에게 야회복을 입히는 것과 마찬가지다. 애완동물도 부끄러워하겠지만 그렇게 쓸데없는 짓을 하는 사람은 더욱 부끄러워해야 한다.
> 그러므로 지금 이 자리에서 엄숙히 맹세하기 바란다. '평발'이라는 말을 두고 '편평족'이라고 쓰지 않겠다고, '존은 하던 일을 멈추고 똥을 누었다.' 대신에 '존은 하던 일을 멈추고 생리 현상을 해결했다.'라고 쓰는 일은 절대로 없을 것이라고.

문장의 3대 조건은 실용성, 정확성, 속도성입니다. 쉽고, 바르고, 빠르게 표현해야 메시지 전달이 용이하기 때문입니다. 단락이 중요한 것도 다르지 않습니다. 단락의 길이가 적당해야 읽기 쉽고 이해도 쉽습니다.

글을 어렵게 풀어내는 것이 쉬울까요, 아니면 어려운 내용을 쉽게 풀어내는 것이 쉬울까요. 사실 어려운 글보다 쉬운 글이 더 쓰기 어렵습니다. 전문성 있는 글일수록 더 그렇습니다. 헤밍웨이도 "읽기에 쉬운 글이 쓰기 어렵다."라고 말합니다. 헤밍웨이는 쉽게 쓰려고 문장을 짧게 만들기로 유명합니다. 그가 문장을 짧게 쓴 것은 표현의 정확성과 극적 효과를 위해서였습니다. 문장의 속도도 빠릅니다. 쉼표를 최소화했고 짧은 단어를 활용했습니다. 노벨상은 이런 노력이 뒷받침되었기에 가능했던 것입니다.

『홍길동전』을 쓴 허균도 같은 메시지를 전합니다. "어렵고 교묘한 말로 글을 꾸미는 건 문장의 재앙이다." 그럴듯하게 꾸미는 글이 재앙이라고까지 하니 글을 정말 쉽게 써야 할 것 같습니다. 허균은 나아가 이런 말도 합니다. "글이란 자신의 마음과 뜻을 다른 사람에게 제대로 전할 수 있도록 쉽고 간략하게 짓는 것이다." 문장의 의미를 정확히 꿰뚫는 말입니다. 메시지를 전달하기 좋게끔 가급적 쉽게 쓰라는 것입니다. 여기에는 훈련이 필요합니다.

어떻게 해야 쉬운 글을 쓸 수 있을까요? 쉬운 글은 워런 버핏에게 힌트를 얻으면 좋겠습니다. 워런 버핏이 강의를 하고 있을 때였습니다. 어느 학생이 글 잘 쓰는 비결이 무엇인지 묻습니다. 그때 워런 버핏이 답합니다. "나는 누이동생들에게 이야기를 들려준다고 생각하면서 글을 쓴다. 누이에게 쓰듯 쉽게 써라. 누이가 없다면 내 누이를 빌려주겠다."

저는 학생들에게 글쓰기를 가르칠 때 동생이 있냐고 묻습니다. 동생이 있으면 그 동생에게 들려준다는 생각으로 쓰라고 합니다. 동생이 없다면 동생 하나를 만들라고 합니다. 가상의 동생을 만들어 이름을 붙이고 그 동생이 이해할 수 있도록 글을 쓰라고 합니다. 동생에게 이야기하듯이 쓰니 쉽게 글을 쓸 수 있었다고 학생들은 이구동성으로 이야기합니다.

벼는 익을수록 고개를 숙입니다. 성장으로 그치면 고개를 숙일 수 없습니다. 성숙해야 스스로 낮출 줄 압니다. 쉽게 쓴다는 것은 성숙하다는 의미와 같습니다. 눈높이를 낮춰 읽을 대상을 생각하며 쉽게 풀어내는 마음이 필요합니다. 그러려면 내려놓아야 하고 낮아질 줄 알아야 합니다. 성숙해야 쉽게 쓰려는 마음이 생깁니다. 그럴듯하게 보이는 글을 쓰면 어깨에 힘이 들어갑니다. 그것도 힘들면 워런 버핏의 누이라도 데려오십시오. ㄱ 누이에게 이야기를 들려준다는 식으로 쓰면 쉽게 글을 쓸 수 있지 않을까요. 더군다나 외국인에게 자기 생각을 전달해야 하니까 쉽게 표현할 수밖에 없습니다. 초고는 이런 의지로 풀어내야 후루룩 쓸 수 있습니다.

모방은 창조의 어머니

✒ 인간은 모방에 능합니다. 거의 본능적입니다. 어린아이 가 자라는 모습을 관찰해 보면 이해가 갑니다. 아이들은 눈에 보 이는 모습을 흉내 내고 성장합니다. 할아버지가 뒷짐을 지고 걷 는 모습을 본 손자는 비슷한 걸음걸이로 웃음을 짓게 합니다. 진 로를 선택할 때도 다르지 않습니다. 음악가 집안에는 음악인이 많이 배출됩니다. 교육자 집안에는 교육자가 많고, 미술가 집안 에는 미술과 관련된 일을 하는 비율이 높습니다. 왜 그럴까요. 본 것을 흉내 내고 따라 하다 보니 잘하게 된 것입니다. 그래서인지 일찍이 아리스토텔레스는 말했습니다.

인간은 모방하는 능력이 있으며 모방에서 기쁨을 느낀다. 이 점 에서 인간은 동물과 구별되며, 모든 지식은 모방으로 습득된다.

위 말과 일맥상통한 말이 있습니다. "모방은 창조의 어머니다." 라는 말입니다. 창조의 밑바탕에는 모방이 있다는 것입니다. 세 상의 위대한 창조물들은 모방에서 시작되었습니다. 피카소는 세 잔의 「목욕하는 여인들」을 모방해 「아비뇽의 처녀들」을 그렸습 니다. 그가 모방으로 새로운 창조를 할 수 있었던 데에는 아버지 영향이 컸습니다. 미술을 가르친 아버지는 피카소가 어렸을 때부터 수없는 모방 훈련을 시켰습니다. 피카소에게 비둘기 발만 반복해서 그리게 한 것입니다. 그렇다고 똑같이 생긴 발만 그린 것이 아닙니다. 피카소는 모래에 찍힌 수많은 다른 모양의 발자국을 그렸습니다. 다양한 발자국을 모방해 그리다 보니 몸통도, 머리도, 날개도 잘 그릴 수 있었습니다. 그 훈련을 무려 열다섯 살까지 반복했습니다. 그 의미를 『생각의 탄생』(에코의서재, 2007)에서 찾을 수 있습니다. "열다섯 살이 되자 나는 사람의 얼굴, 몸체 등도 다 그릴 수 있게 되었다. 그동안 비둘기 발밖에 그리지 않았지만."

피카소가 천재 화가로 발돋움한 비결이 모방에 있었던 것입니다. 모차르트는 하이든의 「레퀴엠 다단조」를 모방해 「레퀴엠 라단조」를 씁니다. 프랑스의 철학자 알랭은 "모방하지 않는 사람은 창조하지 못한다."라고 했습니다. 그만큼 모방의 힘은 강하다는 증거입니다.

모방으로 어떻게 하면 좋은 글을 쓸 수 있을까요? 먼저 글의 구성 요소를 보고 모방하는 훈련이 필요할 터입니다. 글의 구조를 보고 모방하는 것입니다. 처음, 중간, 마지막을 어떻게 구성하고 있는지를 분석해 그 공식에 자신의 메시지를 덧입히는 것입니다. 이 훈련을 제대로 하면 자기만의 글쓰기 공식을 만들 수 있습니다. 시작과 중간, 마무리를 어떻게 전개할지 정해 놓고 자기 생각과 사례, 일화 등을 대입하면 되니까요. 그러면 어떤 글도 자유자재로 풀어낼 수 있습니다.

두 번째는 내용을 모방하는 것입니다. 내용 모방의 가장 좋은 길은 인용입니다. 글을 읽다가 인용할 내용이 있으면 초서해 놓고 자신의 글에 인용합니다. 독서가 필요한 이유도 이 때문입니다. 책을 많이 읽고 자료를 풍성하게 준비해 놓을수록 적재적소에 자료를 활용할 수 있습니다. 소설이 아닌 이상 자료가 있어야 글을 읽는 대상을 설득할 수 있습니다. 글을 읽을 당사자는 자료가 있으면 더 쉽게 고개를 끄덕입니다.

세 번째는 글의 전개 방식을 모방하는 것입니다. 문장과 문장을 어떻게 이어 가고 마무리하는지를 배우기에 적합한 방식입니다. 단문 쓰기, 단락 쓰기를 세심히 살피는 노력을 기울여야 합니다. 문장을 어떻게 구성해서 단락을 만들고, 단락들을 어떻게 이어 갔는지 살펴야 합니다. 글의 흐름과 문맥 구성을 모방해 자신의 방법으로 전환하면 효과적으로 초고를 완성할 수 있습니다.

네 번째로 생각을 어떻게 글로 구현했는지를 모방하는 것도 필요합니다. 글은 생각을 풀어내는 출구입니다. 글 속에는 저자의 생각이 담기기 마련입니다. 그 생각을 풀어내는 방식을 모방하며 글을 쓰는 훈련도 필요합니다.

모방으로 창조적인 글을 쓰려면 베껴 쓰기가 가장 효과적입니다. 베껴 쓰기 방법을 익혀 반복하다 보면 자신만의 글 공식과 전개 방식을 터득할 수 있습니다. 작가의 숨소리까지 듣겠다는 각오로 몰입해 보세요. 그러면 머지않은 장래에 그 작가를 넘어서는 필력을 소유할 수 있습니다. 삶을 변화시키는 인생의 무기는 글쓰기 훈련에 차근차근 임하며 체득할 때 완성됩니다.

초고는 걸레라는 생각으로

✒ 처음 쓴 글을 초고라고 합니다. 어떤 글이든 시작해서 마침표를 찍는 것이 곧 초고입니다. 칼럼이든 소설이든 자기 삶을 토대로 쓴 글이든 첫 꼭지부터 마지막 원고까지 쓰고 고치지 않은 글이 바로 초고입니다. 그래서 초고는 형편이 없습니다. 헤밍웨이는 "초고는 걸레다."라고 말합니다. 걸레처럼 형편없는 글이라는 뜻입니다. 왜 그럴까요? 고치지 않았기 때문입니다.

대부분의 청춘들이 글쓰기를 어려워합니다. 어떻게 글을 써야 할지 몰라 쩔쩔맵니다. 글쓰기 기술이 부족하기도 하지만 어려서부터 부정적인 평가를 많이 받다 보니 생긴 현상이라 생각됩니다. 그런데 가만히 생각하면 부정적인 평가를 들을 수밖에 없는 글을 썼습니다. 의아하게 들리겠지만 사실입니다. 초고로 평가받았기 때문입니다. 대부분이 글을 쓰고 잘 고치지 않습니다. 고치지 않고 제출을 하니 당연히 부정적인 결과가 뒤따릅니다.

부정적인 평가를 받아 각인된 의식은 뇌 속에 오랫동안 자리 잡고 있습니다. 초고를 보고 글을 고쳐 보라고 하면 인상이 달라집니다. 형편없는 글을 썼다는 부정적인 평가를 받은 옛 기억이 다시 떠오르기 때문입니다. 고치려는 생각보다 자신은 글을 못 쓴다는 생각으로 단정짓고는 이내 포기합니다. 많은 사람들이 이런 루틴으로 글쓰기를 배웁니다.

이제는 글쓰기에 대한 생각의 변화가 필요합니다. 처음 쓴 글은 누구나 부족합니다. 작가들도 다르지 않습니다. 일필휘지하는 작가는 많지 않습니다. 구겐하임 문학상 수상자인 앤 라모트도 『글쓰기 수업』(웅진윙스, 2007)에서 헤밍웨이와 비슷한 이야기를 전합니다.

이제 짧은 글 한 편 쓰기보다 실질적으로 훨씬 더 효과적인 아이디어를 소개하겠다. 그것은 바로 '조잡한 초고'라는 개념이다. 모든 훌륭한 작가들이 그런 초고를 쓴다. 이것은 그들이 훌륭한 두 번째 원고를 쓸 수 있도록 이끄는 비결이다. 사람들은 성공한 작가들, 즉 책을 출판하는 일로 경제적인 안정을 얻는 작가들을 바라볼 때 그들이 매일 아침 백만장자처럼 느끼면서 자기 작업대에 앉아 있을 거라고 생각하는 경향이 있다. (중략) 그러나 이것은 미경험자의 환상일 뿐이다.

"초고는 가슴으로 쓰고, 재고는 머리로 써야 한다." 영화 「파인딩 포레스터」에는 이런 대사가 있습니다. 초고는 가슴으로 느끼는 것을 후루룩 써야 한다는 의미입니다. 그다음 머리로 분석하며 꼼꼼히 고치는 작업으로 이어져야 합니다. 그러니 초고를 쓸 때 너무 완벽한 문장을 쓰려고 하지 말아야 합니다. 의식을 제어하지 말고 밀고 나가세요. 생각의 흐름대로 맡기며 완주하겠다는 마음으로 쓰는 겁니다. 초고는 그저 흐름에 따라 쓴 글이지 최종적인 글이 아닙니다. 초고는 포기하지 않고 마침표를 찍는 것을 목표로 해야 합니다.

스펜서 존스의 『세상에서 가장 소중한 선물』(창해, 1996)은 세대와 국적을 초월해 많은 사랑을 받았습니다. 우리나라에서도 백만 부 이상이 팔렸습니다. 짧은 글에 인생의 의미를 성찰할 메시지가 담겨 있어 누구나 좋아했습니다. 출간된 지 10년이 넘었지만 독자의 사랑은 여전합니다. 그런데 이 책이 만들어진 과정을 보면 흥미로운 점이 있습니다. 초고를 1978년, 출간되기 20년 전에 완성했다는 것입니다. 초고가 어떤 글인지 알 수 없습니다. 중요한 것은 그 원고를 20년이 지나도록 숙성하며 완성해 나갔다는 사실입니다. 초고를 보고 마음에 들지 않다고 쓰레기통에 넣어 버렸다면 세계적으로 사랑받는 책은 탄생하지 못했을 것입니다.

저도 초고를 쓴 글을 보면 피가 거꾸로 솟을 정도입니다. 파일을 삭제해 버리고 싶을 정도로 형편없어 보입니다. 이런 글을 쓰려고 수많은 시간 동안 노력했는지 되묻고 싶어집니다.

한번은 출판사에게 쓰고 있는 원고가 없냐고 문의가 왔습니다. 초고를 거의 완성할 즈음에 받은 연락이었습니다. 물론 저는 아직 미완성이며 초고라 보여 줄 수 없다고 했습니다. 그래도 간절히 부탁을 해 왔습니다. 하는 수 없이 쓰고 있는 글을 보내 드렸습니다. 원고를 읽은 출판사에서는 긍정적인 답을 보내오지 않았습니다. 조금은 실망했지만 포기하지 않았습니다. 초고를 완성하고 수정을 거듭했습니다. 고치는 작업을 반복하며 완성도를 높였습니다. 그러고 나서 서너 군데 출판사에 원고를 보냈습니다. 처음 연락 온 출판사와 계약을 했는데 그 후로도 몇 군데 출판사에서 연락을 받았습니다. 초고가 실망스러워 포기했다면 그 원고는 이 세상에 나오지 못했을 것입니다.

초고뿐만 아니라 책이 나와도 원고를 대하는 마음은 초고 때와 다르지 않습니다. 수많은 원고 수정을 거쳐 출판사에 보내고, 출판사에서도 여러 번 교정 교열 및 편집 과정을 거쳐 책이 나옵니다. 그런데도 출간된 책을 보면 만족스럽지 않습니다. 수정하고 싶은 부분이 너무 많이 보입니다. 그래서 어느 때부턴가는 출간된 책을 보지 않게 되었습니다. 더 성장하기 위해 꼼꼼하게 점검하는 것이 옳은 방법입니다. 하지만 산고의 고통을 겪으며 쓴 원고를 다시 보는 과정은 힘겹습니다. 고쳐야 할 것들이 다시금 보이기 때문입니다. 그런데 저만 그런 것이 아니라는 것을 어느 인터뷰 기사를 보고 확인했습니다. 당사자는 김훈 작가였습니다. 김훈 작가는 원고가 편집자에게 넘어가는 순간부터 보지 않는다고 하더군요. 글 쓰는 사람들은 비슷한 감정을 겪고 있다는 생각에 안도의 숨을 쉬었습니다.

제가 이런 경험담을 늘어놓은 것은 초고의 의미를 각인하기 위함입니다. 초고는 완성본이 아니라 처음 쓴 원고에 지나지 않습니다. 진짜 중요한 것은 첫 문장을 시작해 마지막 문장에 마침표를 찍는 것입니다. 그러고 나서 고치면 됩니다. 초고가 없이는 어떤 원고도 완성작이 될 수 없으니까요.

66 초고는 완성본이 아니라
처음 쓴 원고에 지나지 않습니다.
진짜 중요한 것은 첫 문장에서
시작해 마지막 문장에
마침표를 찍는 것입니다. 99

7

세련된 원고로 비상하는 글쓰기

———

말하지 말고 보여 주듯 써라

초고를 쓸 때 배고픈 문장을 쓰려면 말하듯이 쓰면 좋다고 했습니다. 이야기하듯이 쓰면 간결하게 글을 풀어낼 수 있다고 강조했습니다. 맞습니다. 말하듯이 쓰면 자신이 전달하려는 메시지를 비교적 쉽게 전개할 수 있습니다. 잘 읽히기도 합니다. 그러나 세련된 원고로 비상하려면 보여 주는 글을 써야 합니다. 그 의미는 세계적인 글쓰기 코치 내털리 골드버그의 말로 이해하면 좋겠습니다.

글쓰기에 관련된 오랜 속담이 하나 있다. "말하지 말고 보여 주라."라는 말이다. 무슨 뜻인가? 이것은 이를테면 분노라는 단어를 사용하지 않고서, 무엇이 당신을 분노하게 만드는지 보여 주라는 뜻이다. 당신 글을 읽는 사람이 분노를 느끼게 하는 글을 쓰라는 뜻이다. 다시 말해 독자들에게 당신의 감정을 강요하지 말고, 상황 속에서 생생하게 살아 있는 감정의 모습을 그냥 보여 주라는 말이다.

『뼛속까지 내려가서 써라』에서 그녀는 보여 주는 글을 쓰라고 강조합니다. 보여 주는 글이란 독자가 스스로 느낄 수 있도록 쓴 글입니다. 직접적으로 말하지 않고 느낄 수 있도록 보여 주는 것입니다. 사랑이라는 말을 쓰지 않고 사랑의 의미를 전달하는 글을 의미합니다. 러시아 소설가 안톤 체호프는 "달빛이 얼마나 밝은지 말하지 말라. 차라리 깨진 유리 조각에 비친 달을 보여 달라."라고 했습니다. 그 역시 보여 주는 글을 쓰라고 강조합니다.

언론계 노벨상이라 불리는 퓰리처상을 만든 사람은 조지프 퓰리처입니다. 언론과 문필 분야에서 뛰어난 공로와 업적을 지닌 사람에게 주는 상이 퓰리처상입니다. 글을 쓰는 사람이라면 누구나 받고 싶어 하는 상이지요. 그 상을 만든 퓰리처가 남긴 글쓰기 명언이 있습니다. "무엇을 쓰든 짧게 쓰라. 그러면 읽힐 것이다. 명료하게 쓰라. 그러면 이해될 것이다. 그림같이 쓰라. 그러면 기억 속에 머물 것이다."

점층적으로 좋은 글을 쓰기 위한 조건을 이야기합니다. 그러면서 기억 속에 머물 수 있는 글을 쓰라고 합니다. 기억 속에 머물 수 있는 글이 바로 보여 주는 글입니다. 보여 주는 글은 어떻게 쓸 수 있을까요? 보여 주는 글은 묘사를 통해 완성됩니다. 그림을 보지 않고도 그림을 떠올릴 수 있게 하려면 묘사가 생명입니다. 그러면 장면이 떠오르고 연상이 되어 기억 속에 오래 머물 수 있습니다.

내털리 골드버그도 "사진을 들여다보듯 하나하나 선명하고 분명한 어휘로 써야 한다."라고 강조합니다. 그런데 초보자가 선명하고 분명한 어휘로 묘사를 하는 것은 쉽지 않습니다. 그림같이 보이게 쓰려면 비유와 은유도 섞어야 하기 때문입니다. 보여 주는 글을 쓰겠다는 지나친 욕심은 지리멸렬한 글을 만들기도 합니다. 40년 넘게 글을 써 온 한승원 소설가는 묘사가 쉽지 않다는 것을 『한승원의 글쓰기 비법 108가지』(푸르메, 2008)에서 이렇게 밝힙니다.

형상화하기 위하여 묘사적인 서술을 한답시고 글을 지리멸렬하게 써서는 안 된다. 모든 글은 속도감 있고 긴박하고 재미있지 않으면 안 된다. 창조적이어야 하고 진리가 담겨 있어야 한다.

보여 주는 글 역시 간결하게 써야 한다는 의미입니다. 속도감 있는 글은 간결하게 써야 합니다. 그래서 어려울 수 있습니다. 묘사는 글에 생명력을 불어넣습니다. 단어를 조합하여 생생하게 이미지화하는 작업입니다. 글만 읽어도 장면이 고스란히 그려질 수 있도록 하는 것이 묘사의 묘미입니다.

보통 묘사를 하라고 하면 대다수 사람들이 시각적인 부분만 이미지화합니다. 보이는 것을 묘사하는 데서 그칩니다. 보이는 것을 묘사하는 것도 좋은 글이 됩니다. 하지만 그림같이 떠오르는 묘사를 하려면 오감을 작동해 써야 합니다. 시각, 청각, 촉각, 후각, 미각을 골고루 활용하는 것입니다. 들리는 소리, 온몸으로 느끼는 감촉, 냄새, 맛까지 표현하겠다는 생각으로 묘사하면 훨씬 풍성한 글을 쓸 수 있습니다. 묘사의 교본으로 통하는 이효석의 「메밀꽃 필 무렵」의 한 부분으로 이를 이해하면 좋을 듯합니다.

밤중을 지난 무렵인지 죽은 듯이 고요한 속에서 짐승 같은 숨소리가 손에 잡힐 듯이 들리며 콩포기와 옥수수 잎새가 한층 달에

푸르게 젖었다. 산허리는 온통 메밀밭이어서 피기 시작한 꽃이 소금을 뿌린 듯이 흐뭇한 달빛에 숨이 막힐 지경이다. 붉은 대궁이 향기같이 애잔하고 나귀들의 걸음도 시원하다.

어떻습니까? 아주 짧은 글에서 노랗고, 붉고, 푸르고, 하얀 색깔이 대비되는 강렬한 색채를 표현합니다. 한 폭의 풍경화를 보는 듯합니다. 시각, 촉각, 청각을 다양하게 활용해 글을 씁니다. 시각을 촉각화하기도 하고, 시각을 후각적으로 표현하기도 합니다. 자유자재로 보이는 것을 풀어냅니다. 이 글을 읽으면 허생원이 달밤에 메밀밭을 지나가는 장면이 눈에 선하게 그려집니다. 메밀밭을 모르는 독자들도 소금을 뿌려 놓은 것을 연상하면 달빛에 비친 메밀밭을 연상할 수 있습니다. 이것이 묘사의 힘입니다.

있는 그대로 사진 찍듯이 표현하는 묘사도 있습니다. 개성보다는 사실을 중요시하는 묘사 방법입니다. 유홍준의 『나의 문화유산 답사기』에 나오는 대목이 그렇습니다.

전통 한옥의 지붕 모양에는 맞배지붕, 우진각지붕, 팔작지붕 세 가지의 기본형이 있다. 맞배지붕은 지붕의 앞면과 뒷면을 사람 인(人)자 모양으로 배를 맞댄 모양이고, 우진각지붕은 양 측면을 다시 삼각형 모양으로 끌어내려 추녀가 4면에 고르게 만들어져 흔히 우리가 함석지붕에서 보는 바의 형식이다. 이에 반해 팔작지붕은 우진각지붕의 세모꼴 측면에 다시 여덟 팔(八)자의 모양을 덧붙여 마치 부챗살이 퍼지는 듯한 형상이 되었다고 해서 합작지붕이라고도 한다.

　유홍준 작가는 글만으로도 머릿속에 문화재가 떠오르도록 씁니다. 사진이 필요 없을 정도로 정확하게 묘사합니다. 묘사 능력이 탁월했기에 수많은 문화재를 이해하기 쉽게 풀어낼 수 있었던 것입니다.

　묘사는 사진을 찍듯이 드러내 보이게 있는 그대로를 그림 그리듯이 표현할 수도 있습니다. 수사법을 동원해 좀 더 그럴듯하게 비유하며 이미지가 떠오를 수 있도록 묘사할 수도 있습니다. 묘사 정도에 따라 맛깔스러운 글이 되기도 하고 조잡스러운 글이 되기도 합니다. 파닥파닥 살아 있는 글이 되거나 생명력이 느껴지지 않는 죽은 글이 될 수도 있습니다.

　묘사는 풍경으로 한정되지 않습니다. 인물이나 사물, 내면의 생각이나 성격에까지 묘사가 필요합니다. 묘사를 해야 글쓴이는 자신의 의도를 명확히 전달할 수 있습니다. 그 글을 읽고 독자는 글을 이미지화해 쉽게 이해하게 됩니다.

　초보자가 묘사를 잘하려면 묘사가 잘된 글을 보며 공부하는 것이 좋습니다. 저는 김훈 작가의 글을 교본으로 삼고 공부합니다. 묘사의 정수를 보는 것 같습니다. 그의 작품을 보면 어떻게 묘사하는 것이 효과적인지를 알게 합니다. 자신이 추구하는 글의 방향에 따라 묘사가 잘된 글을 모방해 보세요. 베껴 쓰고 모방하며 세련된 글로 비상하도록 훈련해야 합니다. 묘사 능력이 자신의 글쓰기 능력에 날개를 달아 주니까요.

지루한 글에서 탈출하기

🖋   어렸을 때 아버지께서는 약주를 드시면 일장 연설을 하셨습니다. 5남매를 앉혀 놓고 삶에 교훈이 될 만한 말씀을 들려주셨습니다. 자신의 잘못을 되돌아볼 수 있는 시간이 되기도 했지만 대부분은 거부감만 쌓였습니다. 삶에 득이 되는 좋은 말도 계속 들으니 역효과가 난 것입니다.

아무리 좋은 이야기도 계속 들으면 싫증나는 것처럼 글도 같은 메시지를 반복해서 전하면 역효과가 납니다. 지루하게 느껴져 잘 읽히지 않게 됩니다. 특히 한 문장에 반복된 어휘나 메시지를 남발하지 말아야 합니다. 이런 글은 맨 정신에 술 취한 사람의 이야기를 듣는 것처럼 보입니다.

글을 쓰다 보면 자신도 모르게 중복된 표현을 쓰게 됩니다. 독자를 배려한다는 것이 독이 되어 돌아옵니다. 자세히 표현하는 것과 중복된 말을 늘어놓는 것은 다릅니다. 요즘처럼 속도를 중요하게 여기는 시대에는 더더욱 간결하게 쓰도록 해야 합니다.

"미래 자서전을 제대로 쓰려면 미래 자서전에서 이야기하는 장점을 잘 살펴 서술해야 멋진 미래 자서전을 만들 수 있다." 이 문장에서는 미래 자서전이라는 말이 세 번이나 반복됩니다. 이때는 같은 의미로 쓰이는 다른 단어를 찾거나 삭제해야 합니다.

"미래 자서전을 제대로 쓰려면 장점을 잘 살펴 서술해야 멋지게 만들 수 있다." 이렇듯 반복된 어휘만 줄여도 속도감 있는 글을 쓸 수 있습니다. 의미가 같은 반복도 줄여야 합니다. 다른 어휘로 대체해도 의미가 같으면 지루합니다. 이때는 과감하게 삭제해야 합니다.

둘째는 접속사를 줄이는 겁니다. 글을 쓰다 보면 자신도 모르게 앞 문장을 이어서 쓰려고 합니다. 앞 문장을 이어받아 글을 전개하려고 합니다. 그러다 보면 접속사가 많아집니다.

공무원 교육원에서 글쓰기 강의를 진행할 때였습니다. 강좌를 통해 얻고 싶은 능력이나 고민이 무엇인지 물었습니다. 저마다 글을 잘 쓰기 위해 필요한 능력과 고민을 털어놓았습니다. 행정학 논문을 쓰고 계신 분은 심각하게 이야기를 건넸습니다. 논문 제출 기한이 얼마 남지 않았는데 논문에 접속사가 너무 많다는 것입니다. 과도한 접속사 때문에 부끄러워 제출이 꺼려진다는 것이었습니다.

쉬는 시간에 그분께 다가가 논문을 보여 줄 수 있겠느냐고 물었습니다. 흔쾌히 논문 파일을 열어 주시더군요. 저는 첫 페이지 글을 복사해 다른 파일에 옮겼습니다. 그러고 나서 그분께 접속사를 모두 지우고 읽어 보라고 했습니다. 대신 생략하면 이상한 대립접속(그러나/하지만)만 남겨 두라고 말씀드렸습니다. 의아한 표정으로 저를 보더군요. 마지못해 제가 권유한 대로 하시더니 이내 얼굴이 환해졌습니다. 접속사를 지우고 읽어도 아무 문제가 되지 않는다는 사실을 발견하셨다더군요. 저는 대립접속도 최소화할 수 있도록 글을 전개하라고 조언해 주었습니다. 전환접속

'그런데/그러면'을 자주 쓰게 되지만 굳이 쓰지 않아도 된다고 했습니다. 그분은 논문 전체를 조언대로 고쳐 보겠다며 밝은 미소를 지었습니다.

접속사는 문장을 매끄럽게 이어 주는 연결고리입니다. 단락을 이어 주는 징검다리 역할도 해 줍니다. 그러나 접속사를 남발하면 글이 딱딱하고 지루해집니다. 그러므로 최소한으로 접속사만 쓰겠다는 마음으로 글을 전개해야 합니다.

셋째로 겹치는 조사도 최소화해야 합니다. 글을 쓰다 보면 '것', '도', '등'을 반복적으로 늘어놓게 되는 일이 있습니다. 조사도 글을 이어 가는 데 없어서는 안 될 정도로 중요합니다. 그러나 한 문장에 반복적으로 조사를 늘어놓으면 역시 지루한 글이 됩니다. 한 문장에 하나만 쓰겠다고 생각해야 합니다. 부득이 써야 한다면 두 개까지는 괜찮습니다. 더 많이 사용하면 역시 술 취한 이야기처럼 지루하게 느껴집니다.

넷째는 지시어를 줄이는 겁니다. '그(이, 저)것', '그(이, 저)런', '그', '그리', '그렇게' 등도 자주 씁니다. 전하려는 메시지를 축약하려는 의도로 활용합니다. 지시어를 쓰면 문장이 간결해집니다. 굳이 설명하지 않아도 그 의미를 전달할 수 있습니다. 그러나 지시어를 읽는 독자는 그 의미를 혼동할 수 있으니 되도록 자세히 표현해 줘야 합니다.

"그는 그녀를 사랑한다고 그에게 말했다."

글을 쓰는 사람은 그와 그녀가 누구인지 압니다. 그러나 글을 읽은 사람은 그와 그녀가 누구인지 알 수 없습니다. 통찰력으로 무장한 사람도 이해하기 힘듭니다. 이때는 그와 그녀가 누구인지 자세히 서술해 줘야 합니다. 드라마 「미스터 선샤인」(2018)의 등장인물로 풀어 보면 이렇습니다. "유진 초이는 구애신을 사랑한다고 구동매에게 말했다."

전라도 사투리 중에 '거시기'가 있습니다. 같은 의미로 '거석'이라고도 합니다. 대화를 하다 보면 많은 사람들이 거시기, 거석으로 함축해 말합니다. 그 이야기를 빗대 '거시기'는 귀신도 모른다고 합니다. 거시기는 해석하는 대로 다르게 적용할 수 있기 때문입니다. 전하려는 의도와 왜곡돼 해석될 수 있으니 지시어는 되도록 삼가는 것이 좋겠습니다.

이 밖에도 주어와 어미를 반복하는 것도 지루한 글을 피하는 방법입니다. 중복된 접속사, 단어와 조사, 문장이 나오면 다른 어휘나 대체 문장을 찾는 노력을 기울여야 합니다. 중복을 피하려는 과정에서 글쓰기 능력이 향상됩니다. 세련된 글쓰기는 중복만 피해도 가능해집니다.

겉돌지 않고 파고드는 글쓰기

✒ 단문일수록 잘 읽힙니다. 무슨 뜻인지 이해도 쉽습니다. 그러나 한 가지 짚고 넘어가야 할 것이 있습니다. 짧은 글은 좋지만 자세히 써야 할 필요도 있다는 것입니다. 구체적으로 표현해야 메시지를 효과적으로 전달할 수 있기 때문입니다. 너무 뭉뚱그려 간결하게 표현하면 이해가 어렵습니다. 그 의미를 미국의 동화 작가 엘윈 브룩스 화이트는 이렇게 말합니다. "인류man에 대해 쓰지 말고 한 인간man에 대해 쓰라." 두루뭉술한 글이 아니라 자세한 글을 쓰라는 뜻입니다.

글쓰기는 배려입니다. 독자를 생각하며 글을 써야 한다는 뜻입니다. 독자 입장에서 글을 쓰면 구체적으로 쓸 수밖에 없습니다. 독자가 글을 읽고 이미지를 또렷이 연상할 수 있어야 합니다. 저자의 의도를 간파하고 선명하게 메시지를 그려 내는 글이 세련된 글입니다.

인터넷에 오르내리는 글 중 소와 사자의 사랑 이야기가 있습니다. 둘은 서로 사랑해 결혼을 합니다. 소는 사자를 너무 사랑해 자신이 좋아하는 풀을 매일 줬습니다. 얼마 지나지 않아 사자는 영양실조에 걸리고 말았습니다. 사자도 소를 사랑해 자신이 제일 좋아하는 고기를 매일 주었습니다. 소 역시 영양 불균형으로 몸이 망가졌습니다. 둘의 사랑은 얼마 지나지 않아 파경에 이르고

세련된 원고로 비상하는 글쓰기

204

말았습니다. 둘은 서로 사랑했는데도 파국을 맞이했습니다. 상대의 입장을 고려하지 않았기 때문입니다.

글쓰기도 다르지 않습니다. 읽을 대상이 누군지를 생각하며 글을 써야 합니다. 그 대상을 배려하며 눈높이에 맞춰 글을 전개해야 합니다. 예컨대 자기 소개서를 쓴다고 생각해 보세요. 자신의 입장에서 하고 싶은 메시지만 전달하면 좋은 점수를 받을 수 없습니다. 자기 소개서는 자신을 소개하는 글이지만 읽을 대상이 누군지를 생각하고 써야 합니다. 자기 소개서는 자신을 소개하는 것이 목적이 아니기 때문입니다. 대학은 진학이 목적이고, 회사는 입사가 목적입니다. 그래서 누가 읽을지를 생각하며 글을 풀어내야 합니다. 읽을 대상이 궁금해하고 관심을 보이는 것에 초점을 맞춰야 합니다. 기업이면 기업이 추구하는 인재상, 자기 업무에 필요한 덕목들을 살펴 써야 합니다. 대학 입시라면 그 학과와 학교에서 요구하는 인재가 무엇인지 알고 써야 합니다. 그래야 좋은 성적을 거둘 수 있습니다.

세련된 글로 비상하려면 겉돌지 않고 파고드는 글을 써야 합니다. 파고드는 글이란 자세히 구체적으로 표현하는 것을 말합니다. 내털리 골드버그는 『글 쓰며 사는 삶』(페가수스, 2010)에서 그 의미를 밝혔습니다.

"잘 만든 테이블 위에 사랑스러운 깔개가 놓여 있다."라는 식으로 쓰지 말라. 굵은 글씨로 쓴 두 단어는 글쓴이의 의견일 뿐이다. 그저 온전하게 원래의 모습을 충실히 묘사하라. "포마이카 테이블

위에 흰색 깔개가 놓여 있다. 방금 무릎까지 올라오는 양말을 신을 여자가 지나갔다. 그녀는 윗입술 위에 검은 점이 있고 길게 땋은 머리는 가죽 허리띠를 스친다."

그녀는 잘 만든 테이블은 어떤 테이블인지, 사랑스러운 깔개는 어떤 깔개인지를 구체적으로 표현하라고 합니다. 자세하게 표현해야 독자는 그 모습을 쉽게 연상해 낼 수 있기 때문입니다.

많은 사람들이 글을 쓸 때 다음과 같이 씁니다. "어느 날 시골에서 생긴 일이다."라고 말입니다. 이럴 때도 읽을 사람을 생각하며 파고드는 글쓰기를 해야 합니다. '어느 날'을 파고들어 표현해 보는 겁니다. 언제 어느 때인지를 구체적으로 표현해 봅시다. 일곱 살 무렵의 봄날인지, 열한 살 무렵의 비 오던 날인지를 자세히 적는 겁니다. 시골이라면 가족 여행을 갔던 시골인지, 친가가 있는 시골인지, 외가인지를 적어야겠지요. 생긴 일도 자세히 풀어내야 합니다. 어떤 일이 일어났는지를 독자가 이해하기 쉽도록, 이미지가 떠오르도록 써야 합니다.

어떤 글이든 메시지를 풀어낼 때는 구체적으로 표현해야 합니다. 표현할 인물이 있으면 최대한 자세히 서술해야 합니다. 그림을 그리듯 보여 주는 글을 써야 이해가 쉽습니다. 인물의 외형적인 모습뿐만 아니라 내면까지 묘사할 수 있어야 합니다. 인물의 성격, 가치관, 인생관도 예를 들어 표현하면 좋습니다. 자기 삶에 끼친 영향까지 해석해 적으면 더 좋습니다. 한 사람의 삶은 가족과의 인과 관계 안에서 영향을 주고받기 때문입니다.

구체적으로 표현하려면 보이는 것 너머를 볼 수 있어야 합니다. 표현하려는 대상의 속성도 파악해야 합니다. 대상의 속성을 알아야 구체적인 표현과 설명, 묘사가 가능합니다. 나아가 속성 너머까지 볼 수 있어야 합니다. 그 의미는『글쓰기 공중부양』을 쓴 이외수 작가의 말로 이해하면 좋을 듯합니다.

> 육안(肉眼)은 얼굴에 붙어 있는 눈이고, 뇌안(腦眼)은 두뇌에 들어 있는 눈이며, 심안(心眼)은 마음속에 간직되어 있는 눈이고, 영안(靈眼)은 영혼 속에 간직되어 있는 눈이다.

속성은 일차적으로 보이는 것을 뇌로 정리해 풀어낸 글입니다. 그러나 세련된 글은 속성을 간파한 것에 더해 심안과 영안으로까지 풀어낼 수 있어야 합니다. 마음으로 보고 영안으로 꿰뚫어 내야 공감을 일으키는 글이 됩니다. 그러려면 자세히 볼 수 있어야 합니다. 구체적으로 표현하겠다고 생각하고 속성 너머를 보고, 본성 너머를 심안과 영안으로 보도록 힘써야 합니다. 그럴 때 글이 겉돌지 않습니다. 파고드는 글은 이렇게 만들어집니다.

세련된 글, 고쳐야 만들어진다

✒ 세련된 글, 좋은 글은 어떻게 해야 쓸 수 있을까요? 당연한 말이지만 좋은 글을 쓰는 게 답입니다. 첫 문장부터 세련되고 좋은 글을 쓰면 됩니다. 그런데 이게 쉽지 않습니다. 세계적인 대문호들도 단박에 좋은 글을 쓰기 어렵습니다. 오죽하면 "초고는 걸레다."라는 말이 나왔을까요. 괴테는 60년에 걸쳐 『파우스트』를 완성했습니다. 일필휘지했는데 60년이 소요됐을 리 없습니다.

결국 살아 있는 글, 완성도 있는 글은 얼마나 고쳤느냐에 달려 있습니다. 글 잘 쓰는 기술은 고치는 능력에서 비롯된다고 해도 과언이 아닙니다. 잘 고치는 기술이 걸레 같은 원고로 하여금 빛이 나게 할 수 있습니다. 괴테는 60년 동안 원고를 쓰면서 얼마나 많이 고쳐 썼을까요? 헤밍웨이도 수없이 고쳐 쓰기를 반복했습니다. 노벨 문학상을 탄 『노인과 바다』는 200번을 고쳤다는 이야기가 들립니다. 고쳐 쓴 숫자가 정확하냐 아니냐보다 중요한 것은 그만큼 고쳐 쓰기를 많이 했다는 것입니다.

우리나라 독자들이 사랑하는 작품 중에 『갈매기의 꿈』(범우사, 1998)이 있습니다. "가장 높이 나는 새가 가장 멀리 본다."라는 문장으로 유명한 책입니다. 그 책을 쓴 작가 리처드 바크도 고쳐 쓰기를 강조합니다. "내 최고의 작품은 반복적으로 쓰고 다듬어서 만들어진다. 나는 글을 쓰면서 단번에 좋은 작품을 쓰려는 욕심을 버린다."

『글쓰기 생각 쓰기』(돌베개, 2007)의 저자 윌리엄 진서는 더 강력한 말을 던집니다. "글쓰기가 단번에 완성되는 '생산품'이 아니라 점점 발전해 가는 '과정'이라는 것을 이해하기 전까지는 글을 잘 쓸 수 없다."

고쳐 쓰는 과정에서 세련된 글, 완성도 있는 글로 발전하게 된다는 말이지요. 글 잘 쓰는 기술이란 초고를 쓰고 오랫동안 고치는 것에 있습니다. 잘 쓰는 사람의 동의어는 많이 고쳐 쓰는 사람입니다. 반면에 못 쓰는 사람의 특징은 초고가 최종 원고라는 것입니다. 고치기를 싫어하는 사람입니다. 고치지 않으면 세련된 원고는 탄생하지 않습니다.

보통 글을 시작할 때면 주제를 정하고 뼈대를 만듭니다. 글의 설계도, 즉 개요를 작성하고 씁니다. 골격을 체계적으로 세우고 그 뼈대에 살을 입혀 한 편의 글을 완성합니다. 여기까지는 초고의 과정입니다. 나머지는 고쳐 쓰기로 완성도를 높여야 합니다. 그 의미는 소설가 안정효가 『글쓰기 만보』(모멘토, 2006)에서 말한 내용으로 이해해 보겠습니다. "실내장식은 터 닦기나 골격 만들기보다 조금도 쉽지 않다. 장식하기에는 짓기보다 오히려 더 많은 정성과 세심한 공이 들어간다." 고쳐 쓰기는 실내장식과 같다는 것입니다. 골격을 완성하는 것보다 실내장식과 마무리에 훨씬 많은 시간이 듭니다. 실내장식과 최종 마무리가 고쳐 쓰기와 같습니다.

그럼 어떻게 하면 좋은 글로 거듭나게 고쳐 쓸 수 있을까요?

첫째, 숙성의 시간을 가져야 합니다. 숙성의 시간 없이 고치려 하면 고칠 것이 보이지 않습니다. 숙성의 시간은 저자에서 독자의 입장으로 시각을 달리하는 것입니다. 바라보는 관점이 다르면 원고도 다르게 보입니다. 묵혀 두는 기간 동안 익숙한 생각과 사고에서 멀어질 수 있습니다. 글을 쓸 때와 다른 생각과 의식이 동반돼야 고칠 것이 보입니다.

대신 묵혀 두는 시간을 너무 길게 잡으면 곤란합니다. 쓰고 있는 글의 감각을 잃을 수 있기 때문입니다. 전문가들은 숙성의 시간을 사흘로 추천합니다. 사흘이면 새로운 시각과 관점으로 원고를 볼 수 있다는 것입니다.

둘째, 소리 내 읽으며 고치는 것입니다. 원고의 특성에 맞게 읽어 보면 더 효과적입니다. 연설문이면 자신이 연사가 되었다고 생각하며 읽어 봅니다. 소설이라면 인물의 성격을 생각하며 연기하듯 읽으면 좋습니다. 자전적인 이야기라면 읽을 대상에게 자기 삶을 들려준다는 생각으로 읽는 겁니다. 소리 내어 읽다 보면 맞춤법이나 문법적으로 어색한 문장이 발견됩니다. 매끄럽게 읽히지 않으면 고칠 문장이라고 생각하고 고치는 겁니다. 신경숙 작가는 소설을 고칠 때 연극을 하듯 감정을 이입하며 읽고 고쳤다고 합니다.

세 번째는 컴퓨터 모니터로 보기보다 실물로 프린트해서 보는 방법입니다. 출력해서 보는 글이 훨씬 더 잘 보이고 고쳐 쓰기도 편합니다. 짧은 글이라면 눈에 보이는 곳에 붙여 놓고 수시로 보며 고쳐 보는 것도 좋습니다. 중국의 문장가 구양수는 쓴 글을 벽에 붙여 놓고 고쳤다고 합니다. 어떤 글은 고치는 과정에서 초고가 한 글자도 남지 않았다고 전해집니다. 얼마나 많이 고쳤는지를 알게 하는 이야기입니다. 그런 노력이 시대의 문장가라는 타이틀을 안겨 준 것일 테지요.

마지막으로 긴 문장은 짧게, 같은 이야기 단위로 묶고 해체하는 작업도 필요합니다. 주어와 술어가 호응하는지도 살펴야 합니다. 주위 사람들에게 원고를 보여 주고 의견을 들어 보는 방법도 괜찮습니다. 객관적인 입장에서 원고를 보면 더욱 효과적으로 접근할 수 있기 때문입니다. 저는 글을 쓰면 제일 먼저 아내에게 보여 줍니다. 국어교육학과를 졸업한 아내는 제가 쓴 문장의 문법과 글의 흐름을 예리하게 검토해 줍니다. 때로는 과도한 지적으로 사기를 떨어뜨릴 때도 있지만 곁에서 검토해 주니 많은 도움이 됩니다.

많이 고칠수록 좋지만 최소한 세 번 정도는 고칠 마음을 품어야 합니다. 첫 번째 글을 고칠 때는 전체 구조 속에서 주제에 부합하는지 살피고, 두 번째는 글의 흐름을 살피며 단락을 점검하고, 세 번째는 문장과 단어를 정돈하는 것입니다. 큰 틀에서 점점 작고 세밀하게 다가가는 것입니다.

아무리 형편없는 글이라도 고치고 고치면 좋아집니다. 좋은 글을 쓰는 왕도는 없지만 조금이라도 좋은 원고로 거듭나게 할 수는 있습니다. 바로 고쳐 쓰는 것입니다. 세련된 글은 고치는 과정에서 만들어지니까요.

감각을 잃지 않는 글쓰기

✒️   인간은 습관의 동물입니다. 삶의 성과는 좋은 습관에서 비롯됩니다. 아무리 선명한 목표를 세웠어도 그것을 이룰 수 있는 습관이 형성되지 않으면 목표는 끝내 소망에 그칠 가능성이 큽니다.

"우리 삶이 일정한 형태를 띠는 한, 그것은 습관 덩어리에 불과하다." 미국의 심리학자 윌리엄 제임스의 말입니다. 우리 삶이 습관이라는 굴레에서 벗어날 수 없다는 뜻입니다. 몽테뉴는 "습관에 한번 빠지면 우리 힘으로든 도저히 그 습관에서 벗어나 우리 자신에게 돌아올 수 없으며, 습관의 규칙과 이치를 따져볼 수 없게 된다."라고 했습니다. 습관이 인간 생활의 위대한 안내자라는 것입니다. 그러니 글을 써서 삶의 변화를 추구하려면 글 쓰는 습관을 훈련해야 할 터입니다.

한 취업 포털 사이트에서 청년들을 대상으로 설문조사를 했습니다. 과거로 돌아가고 싶은가라는 설문입니다. 98퍼센트의 응답자가 돌아가고 싶다고 답했습니다. 현재 삶이 만족스럽지 않다는 증거입니다. 그럼 응답자들이 과거로 돌아가면 삶을 변화시킬 수 있을까요? 변화되지 않을 가능성이 더 크다고 심리학자들은 답합니다. 현재와 똑같은 생각과 습관으로 산다면 같은 결과를 얻을 수밖에 없기 때문입니다.

글쓰기는 참 힘든 작업입니다. 얼마나 훈련해야 좋은 글을 쓸 수 있을지 가늠할 수 없습니다. 글쓰기를 훈련해도 좋아진다는 보장이 없습니다. 그러다 보니 작심삼일이 되는 경우가 허다합니다. 큰맘 먹고 훈련에 동참하지만 언제 원하는 글을 쓸 수 있을지 묘연합니다. 그래서 많은 사람들이 포기합니다.

글쓰기로 의미 있는 결과를 얻으려면 매일 글을 써야 합니다. 자기만의 루틴을 만드는 것입니다. 글을 쓰는 의식과 형식을 매일 반복해 습관으로 형성해야 합니다. 자신도 모르게 글을 쓸 수 있기까지 피나는 훈련이 필요합니다. 특히 글쓰기는 감각의 영역이라 매일 쓰는 것이 중요합니다. 매일 글을 쓰면 뇌가 기억을 합니다. 별다른 준비 없이도 글쓰기에 돌입할 수 있도록 이끌어 줍니다. 어제의 감각을 오늘로 이어지게 하는 것입니다. 그래서인지 많은 작가들이 정해진 시간에 글을 씁니다. 자기만의 루틴 속에서 감각을 유지하려는 노력인 것입니다.

『나의 문화유산 답사기』 시리즈로 밀리언셀러를 기록한 유홍준 작가는 새벽 5시만 되면 어김없이 글을 쓴다고 합니다. 문화유산을 답사하고 연구한 내용을 새벽 시간을 활용해 정리합니다. 연구와 강의, 답사 등 다양한 일을 하면서도 글을 쓰려면 새벽 시간이 적격이라는 것입니다. 정신이 가장 맑은 시간에 머릿속에 흩어진 편린들을 보석으로 꿰는 작업을 합니다. 그 습관이 전국에 흩어져 있는 문화유산을 국민들에게 알리는 창구 역할을 하게끔 도왔습니다.

스타 강사 김미경도 베스트셀러 작가입니다. 그녀의 강의는 전
국민을 웃고 울립니다. 그녀는 4시 30분이면 어김없이 일어나 글
을 쓰고 강연 준비에 매진합니다. 두 시간 강의를 위해 A4용지 30
장에 달하는 원고를 씁니다. 그리고 뇌세포에 완전히 전달될 때
까지 외우기를 반복합니다. 수십 번의 리허설도 마다하지 않습니
다. 뇌에 각인될 때까지 감각을 잃지 않도록 쓰고 외웁니다.

매일 쓰면 글이 늡니다. 많이 쓰고 고치기를 반복하면 자연스
레 글쓰기 실력도 향상됩니다. 당연히 좋은 작품이 써지는 것입
니다. 도예를 배우는 학생들도 다르지 않다는 것이 실험 결과로
밝혀졌습니다. 그 의미는 『예술가여, 무엇이 두려운가!』(루비박스,
2012)에 소개된 이야기로 이해하면 좋습니다.

도예 선생님이 학생들을 두 조로 나누어 과제를 내 주었습니
다. 한쪽은 양으로 한쪽은 질로 평가할 거라고 했습니다. 양으로
평가한다는 조는 작품의 무게를 달아 점수를 줄 것이니 많이 만
들어 올수록 점수가 높다고 했습니다. 반면 질로 평가하는 조에
는 완벽한 작품 하나만 제출하면 된다고 했습니다. 결과는 어땠
을까요? 뜻밖에도 양으로 평가받는 집단에서 훌륭한 작품들이
쏟아져 나왔습니다. 다양한 작품을 많이 만드는 과정에서 좋은
작품이 만들어진 것입니다. 질로 평가받는 집단은 완벽한 작품
하나를 만들기 위해 수많은 궁리를 했습니다. 이것저것 생각만
하다 결과물을 이끌어 내는 데는 실패했던 것입니다.

글쓰기 능력은 단번에 완성되지 않습니다. 원하는 필력을 얻기
까지 피나는 훈련과 노력이 필요합니다. 이 과정은 어렵고 지난

한 작업입니다. 그래서 글을 쓰려고 하면 뇌는 거부하기 일쑤입니다. 쓰지 말아야 할 수많은 핑곗거리를 만들어 냅니다. 쓰고 싶지 않은 이유도 차고 넘칩니다. 뇌가 거부할 때마다 글을 써야 합니다. 자신만의 루틴 속으로 들어가 글쓰기 훈련을 해야 합니다. 뇌가 글에 대한 감각을 잃어버리지 않도록 매일 읽고 쓰며 훈련해야 원하는 글쓰기 능력을 습득할 수 있습니다. 세련된 글을 쓰는 비결은 여기에 있습니다.

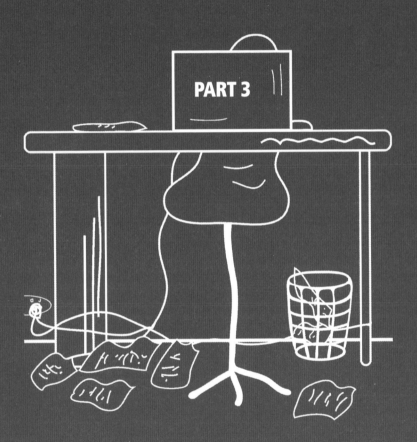

청춘의 삶은 어떻게 글이 되는가

8

삶의 무기가 되는 글쓰기

4차 산업혁명 시대 어떻게 준비할까

🖋 　요즘은 4차 산업혁명이라는 단어가 어디에든 통용됩니다. 교육, 강좌, 상품에도 4차 산업혁명이라는 단어가 들어갑니다. 4차 산업혁명을 빼고는 산업, 교육, 경제, 문화를 논할 수 없을 정도입니다. 4차 산업혁명의 주역인 이 땅의 청춘들은 소용돌이 속에서 삶을 살아 내야 합니다. 그러기에 4차 산업혁명에 대한 이야기 필요합니다. 4차 산업혁명이 이해돼야 이 시대의 의미 있는 글쓰기도 가능해지기 때문입니다.

　4차 산업혁명을 이해하려면 한 권의 책을 주목해 볼 필요가 있습니다. 빌 게이츠도 인정한 미래학자 레이 커즈와일이 쓴 『특이점이 온다』(김영사, 2007)입니다. 특이점은 기술이 인간을 초월하는 지점을 의미합니다. 인간의 고유 영역으로 여겨졌던 분야에서 기계와 기술이 앞서가기 시작함을 이야기하는 것입니다. 알파고의 등장으로 특이점의 시대는 이미 우리 곁으로 다가왔음을 온 세계가 확인했습니다. 세계경제 포럼의 창립자이자 회장인 클라우스 슈와브는 다보스 포럼에서 특이점의 시대를 일컬어 4차 산업혁명이라고 이야기했습니다. 그때부터 4차 산업혁명 이슈가 퍼져 가기 시작한 것입니다.

　4차 산업혁명이 시작되면 우리 사회의 많은 부분이 바뀝니다. 물론 인간의 삶이 편리해지겠죠. 하지만 그 이면에는 일자리 문제가 도사리고 있습니다. 단순 반복형 일자리는 인공지능이 대체하게 되고, 그 결과 기존 직업의 50퍼센트 정도가 사라집니다. 불안한 미래는 공무원 시험에 목숨을 걸게 할 정도로 파급력이 강합니다. 적지 않은 청춘들이 공무원 시험 준비에 여념이 없으니까요. 공무원이 됐든 창의적인 분야에 뛰어들었든 간에 우리 모두는 현명하게 미래를 준비해야 합니다. 과연 어떤 자세로 4차 산업혁명의 시대를 살아가면 좋을까요?

현재 삶의 문제를 해결할 답은 언제나 역사에 숨겨져 있습니다. 과거 삶의 합이 오늘이니까요. 1차 산업혁명이 일어날 때의 일입니다. 당시 영국에서는 양모를 채취해도 모직할 수 있는 기계가 없었습니다. 채취한 양모는 다른 나라로 수출해 모직해서 다시 수입을 해 왔으니 가격이 비쌌습니다. 그때 제임스 하그리브스가 방적기를 만듭니다. 방적기가 영국 곳곳에 들어서자 그 모습을 의미심장하게 보던 사람이 있었습니다. 바로 감자밭을 일구던 농부였죠. 그는 방적기를 보고 감자밭을 갈아엎고 양 목장을 시작합니다. 방적기 등장으로 대량생산의 시대가 열리고 양 목장을 시작한 농부는 많은 부를 얻습니다. 그 모습을 보고 있던 주변 감자밭 주인들도 너도나도 양 목장을 시작합니다. 그해 영국 사회에는 감자 파동이 일어납니다. 요즘 우리 시대에 흔히 목격할 수 있는 현상과 비슷한 일이 1차 산업혁명 시대에도 일어났던 것입니다.

일본은 1876년 강화도 조약을 맺으며 개틀링 기관총과 2,000발의 총알을 조선에 선물로 줍니다. 무시무시한 총을 들이밀며 위험한 셈입니다. 조선은 그 물건을 창고에 두고 분노했습니다. 안타깝게도 개틀링 기관총은 동학 농민 혁명군이 우금치 전투에서 일본군에 패한 요인이 됩니다. 수많은 우리나라 백성들이 그 총에 사망한 것입니다.

그런데 일본이 우리에게 기관총을 선물한 것은 학습 효과 때문이었습니다. 1853년 미국에게 강제로 문호를 개방하며 받은 선물이 소총 두 정과 증기기관차 모형입니다. 일본은 어울함을 뒤로하고 소총을 분해하고 분석합니다. 그리고 2년 뒤에 비슷한 총을 만들어 냅니다. 증기기관차 모형을 보고는 젊은이들을 미국으로 보내죠. 증기기관 기술을 배우라는 뜻이었습니다. 일본은 20년 뒤 독자적인 기술로 일본 철도를 부설합니다.

산업혁명의 산물인 증기기관은 자동차를 만드는 데 영향을 주었습니다. 헨리 포드는 마차에 내연기관을 얹고 핸들과 액셀러레이터를 장착해 자동차를 만듭니다. 그런데 자동차 값이 무척 비쌌습니다. 제작 발표회는 하는데 누구도 관심을 가지지 않았죠. 그때 새로운 물건을 보고 의미심장한 미소를 짓는 사람이 있었습니다. 그 사람은 자동차를 보고 주유소를 만들 생각을 합니다. 자동차가 겨우 10대 있을 때 주유소 8곳을 세우는 모험을 합니다. 조롱하는 사람들의 시선을 뒤로하고 묵묵히 미래를 준비합니다. 시간이 흘러 포드사는 1908년에 'T카'를 내놓고 대량생산 체제로 들어갑니다. 컨베이어 벨트 시스템에서 수많은 자동차를 만들고 1940년대까지 미국 전역은 자동차로 뒤덮입니다. 첫 자동차를 보고 주유소를 시작했던 사람은 이제 주요 시장의 90퍼센트를 점유하게 되었지요. 그 사람이 바로 록펠러입니다. 세계 최고 부자가 된 사람입니다.

2차, 3차 산업혁명이 일어났을 때도 비슷한 현상이 계속되었습니다. 새로운 시대와 새로운 물건을 대하는 자세와 생각이 성패를 좌우한 것입니다. 중요한 것은 새로운 시대와 새로운 제품을 접했을 때 어떻게 생각하고 대처하느냐입니다. "야, 세상 참 좋아졌다. 언제 이런 게 나왔어?"라고 말하는 사람이 되지 않아야 합니다. 무심코 지나칠 것이 아니라 '저기 뭔가가 있다.'라고 생각하고 자신이 어떤 방식으로 기여하고 활용할지 계획할 수 있어야 합니다. 그리고 자신이 잘할 수 있는 것과 연결지어 시도하고 도전해야 합니다. 새로움에 유연하게 대처하고 준비하는 사람이 특이점의 시대, 즉 4차 산업혁명 시대를 효과적으로 준비하여 최후에 승리할 수 있는 것입니다. 그래야 글쓰기가 진짜 자기 삶의 무기가 될 수 있습니다. 의미 있게 준비하고 노력한 것들을 글쓰기를 통해 발휘해야 누군가를 설득시킬 수 있고 본인의 삶부터 변화되기 때문입니다.

사람의 마음을 읽는 공부

🖋 4차 산업혁명 시대의 핵심은 인공지능입니다. 다양한 인공지능이 ICT(정보통신기술)와 접목돼 산업을 발달시킵니다. 인공지능이 없다면 특이점의 시대는 퇴보할 수밖에 없습니다. 인공지능이 제대로 역할을 발휘하려면 필요로 하는 것이 있습니다. 바로 데이터입니다. 데이터가 많으면 많을수록 효과적으로 현재와 미래를 읽어 낼 수 있기 때문이지요. 데이터 양에 따라 현명한 판단과 미래 예측이 가능해지는 것입니다.

데이터 양이 많으면 공장에서 자동화를 할 수 있습니다. 어떻게 제품을 생산하고 불량품을 줄일지를 알아내면 인공지능으로 장착한 기계와 시스템을 적용할 수 있습니다. 축적된 데이터가 없다면 자동화된 생산 공정을 만들 수 없습니다.

기업이 제품 생산을 결정하고 마케팅할 때도 데이터는 매우 중요한 요소가 됩니다. 소비자의 데이터가 많을수록 효과적인 제품을 만들고 마케팅할 수 있습니다. 소비자 욕구가 무엇인지 파악되면 그에 걸맞은 제품을 생산하고 판매할 수 있게 됩니다. 그래서 4차 산업혁명 시대를 의미 있게 준비하기 위해 기업들은 데이터를 축적하는 데 심혈을 기울이곤 합니다. 축적된 데이터가 많으면 많을수록 시장에서 실패할 확률이 줄어들기 때문입니다.

데이터의 중요성은 기업뿐만 아니라 한 나라의 경쟁력과도 연결됩니다. 나라의 정치와 경제와 교육에도 데이터는 효과적으로 활용됩니다. 그래서 각 나라에서는 다양한 정보를 모으고 축적하려고 정보기관을 운영합니다. 미국에는 CIA, 영국은 MI6, 러시아는 FSB(구소련 KGB), 이스라엘에는 모사드, 독일에는 BND가 있습니다. 우리나라에서는 국정원이 그 역할을 감당합니다. 정보기관은 필요로 하는 정보를 얻기 위해 방대한 요원을 적재적소에 배치해 둡니다. 정확한 정보를 축적하면 효과적인 대처와 계획을 수립할 수 있기 때문입니다.

개인 삶에도 데이터는 매우 요용합니다. 지나온 삶이 데이터를 읽어 내는 능력이 강한 사람은 미래 예측력도 강합니다. 현재를 직시하고 미래를 내다보기에 오늘의 삶이 여느 사람과 다릅니다. 이런 사람들은 "장래성이 있다, 센스가 있다, 생각이 깊다."라는 말을 자주 듣습니다. 지난 삶의 흔적으로 어떻게 살아가야 할지를 준비하고 행동하기 때문입니다.

오늘을 직시하고 미래를 효과적으로 예측하려면 정확한 데이터가 필요합니다. 데이터가 많으면 많을수록 효율성이 높아집니다. 정확한 정보를 많이 확보하는 것이 관건입니다. 그렇게 많은 데이터를 바로 '빅데이터'라고 부릅니다. 4차 산업혁명 시대에는 빅데이터가 기업과 나라, 개인의 삶을 좌우하는 도구가 됩니다. 빅데이터는 결국 '무엇을 읽어 내는 기술'입니다. 본인의 지난날에 대한 데이터가 많으면 자신의 삶을 읽어 낼 수 있고, 기업과 관련된 데이터가 많으면 기업의 현재와 미래를 효과적으로 준비할 수 있으니까요. 빅데이터로 오늘의 결과를 읽어 내고 그것을 바탕 삼아 내일을 읽어 냅니다. 이를 기반으로 개인, 산업, 나라의 미래가 결정됩니다.

이렇게 중요한 빅데이터이지만 모두가 확보할 수는 없는 노릇입니다. 수많은 정보가 있어야 하는데 그 정보를 확보할 수 있는 곳은 한정돼 있습니다. 우리나라는 네이버와 다음 포털 정도가 빅데이터를 가졌다고 볼 수 있습니다. 빅데이터를 확보하고 있는 대표적인 글로벌 기업은 페이스북과 구글, 아마존입니다. 그들이 4차 산업혁명 시대를 선도해 나가는 이유입니다.

그렇다면 이 시대의 청춘들은 어떻게 빅데이터를 확보하며 의미 있는 삶을 살아갈 수 있을까요. 그 해답은 인문 독서에 있습니다. 인문학은 빅데이터의 보고(寶庫)입니다. 인간 삶의 흔적, 즉 빅데이터가 인문학에 녹아 있기 때문입니다. 인문학(人文學)은 말 그대로 사람에 대해 배우는 학문이기에 그렇습니다. 오늘이 있기까지 축적된 데이터가 바로 인문학 서적에 담겨 있다는 이야기입니다.

페이스북의 마크 저커버그는 그리스 라틴 고전을 원문으로 읽으며 인간의 본성을 탐구합니다. 라틴 고전을 읽는 것이 취미일 정도로 인문 독서에 매진합니다. 빌 게이츠는 "오늘의 나를 만들어 준 것은 조국도 아니고 어머니도 아니고 동네의 작은 도서관이다."라고 말했습니다. 스티브 잡스는 어린 시절 담임 선생님으로부터 이런 말을 듣습니다. "뛰어난 독서가지만 독서를 하느라 너무 많은 시간을 허비한다." 4차 산업혁명 시대 중심에 서 있는 기업들의 CEO는 대개 인문 독서가였습니다.

인문학을 공부하여 무엇에 쓸 것이냐는 질문을 듣는 게 현실입니다. 취업에는 전혀 도움이 되지 않는다며 외면받는 학문입니다. 하지만 4차 산업혁명 시대에는 인문학의 요구가 더 거세질 것입니다. 사람의 마음을 읽어 내지 않고는 3~6개월마다 변화하는 기술혁명 시대를 효과적으로 준비할 수 없기 때문입니다. 4차 산업혁명을 주도하는 기계도 결국은 사람이 운용합니다. 사람의 편리를 위해 만들어 낸 기술이기 때문에 인간의 마음을 읽어 내는 것이 승리의 핵심 열쇠입니다. 빅데이터를 확보할 수 없기에 더욱 인문학을 섭렵하며 무엇을 읽어 내는 기술을 덧입혀야 합니다. 그것이 자기 삶 최고의 무기입니다.

암기가 아니라 알아내는 능력이 열쇠다

✒   빅데이터는 보이지 않는 것을 보는 능력이라고 설명할 수도 있습니다. 아주 자그마한 정보를 모으고 모아 큰 그림을 그려 내지요. 눈에 보이지 않는 아주 미세한 움직임들을 읽어 내고 그것들을 축적해 현재를 그려 내는 기술입니다. 이 능력이 바로 알아내는 힘입니다. 4차 산업혁명 시대에는 알아내는 힘이 강한 사람이 인재가 됩니다.

알아내는 힘이 강한 사람은 4차 산업혁명 시대 이전부터 리더의 자리에 설 수 있었습니다. 대부분이 누군가 배설해 놓은 지식을 암기할 때 최상위 권력자와 지도층은 알아내는 힘을 기르는 교육을 합니다. 어떻게 하면 효과적으로 알아내는 힘을 기를지를 연구하며 학습에 매진합니다. 최고 강사진을 등용해 자녀들을 교육했습니다.

그들의 교육을 살피기 전에 일반 대중은 어떤 교육을 받으며 살았을까요. 사람들 대부분은 누군가 알아낸 지식을 배우고 암기하는 데 인생을 투자합니다. 지금도 여전히 암기가 교육의 대부분을 차지합니다. 창의적으로 생각하고 논리를 덧입혀 생각의 힘을 기르는 교육은 진행되지 않습니다. 암기한 것을 거의 똑같이 적어 낸 사람이 좋은 성적을 거둡니다. 암기 능력이 출중한 사람이 명문대를 졸업하고 사회에 진출합니다. 이런 현실을 미국 대학 교육의 문제를 연구한 윌리엄 데레저위츠 교수는 『공부의 배신』(다른, 2015)에서 말합니다.

> 교육의 목표는 당장 써먹을 수 있는 기술을 습득하는 것뿐이라고 말하는 사람은 당신을 직장에서 쓸모 있는 인력으로, 시장에서는 잘 속아 넘어가는 소비자로, 국가에서는 순종적인 국민으로 전락시키려고 하는 것이다.

창의적인 인재를 육성하기보다 실용적인 교육에 초점을 맞추고 있는 실태를 비판하는 것입니다. 비슷한 스펙, 비슷한 욕망을 가지는 온순한 양들을 길러 낸다고 따끔한 충고를 날립니다. 사회 시스템에 순응하는 그저 '똑똑하고, 온순한 양Excellent sheep'들을 바코드를 찍어 내듯 양성한다는 쓴소리입니다.

여전히 암기 능력이 강한 사람이 좋은 직장과 안정된 직업군에 속해 살아갈 수 있습니다. 그렇지만 이제는 시대가 달라졌습니다. 암기한 내용만으로는 승리할 수 없습니다. 암기된 내용은 이제 검색만으로도 누구나 알 수 있기 때문입니다. 최첨단 기계와 컴퓨터 시스템은 누군가 배설해 놓은 지식을 검색하면 알 수 있도록 정보를 제공합니다. 정보 제공뿐만 아니라 스스로 정보를 분석하고 판단해 효과적으로 업무를 처리하는 것도 가능해졌습니다. 인간의 고유 영역이었던 업무를 대체하기 시작했습니다. 그것도 아주 탁월하게 말입니다.

인공지능 비서들은 건강을 체크하고 스케줄도 관리해 줍니다.

신체 리듬까지 파악해 알맞은 식단과 음악을 제공해 안정감을 누릴 수 있도록 해 줍니다. 궁금한 것들을 물으면 척척 답도 알려 줍니다. 날씨도 알려 주고 옷차림까지 제안합니다. 인공지능 로봇은 말벗이 되어 주고, 작은 심부름도 곧잘 해냅니다. 운전도 스스로 하는 자동차가 나오고, 택배를 드론이 운송할 날도 멀지 않았습니다. 필요한 부품은 굳이 매장으로 가지 않아도 됩니다. 3D 프린터가 즉각 만들어 주기 때문입니다. 인간만이 할 수 있다고 생각한 고유 영역들을 인공지능이 충분히 아니 탁월하게 해내고 있습니다. 청춘들은 이 사실을 직시해야 합니다. 과연 앞으로 어떤 능력이 필요할지를 말입니다.

알아내는 능력은 단순 반복 암기로는 불가능합니다. 의문을 품고 의심하며 질문을 던지는 과정에서 형성됩니다. 궁금증을 갖고 탐구할 때, 그것을 연구하는 과정에서 형성됩니다. 알아내는 능력을 어떻게 형성할지는 이미 이런 교육을 하고 있는 교육 현장에서 찾으면 좋을 것 같습니다.

알아내는 능력을 키우는 것을 목표로 커리큘럼을 만든 학교가 있습니다. 바로 미국의 세인트존스 대학**Saint John's College**입니다. 이 대학은 4년 동안 고전 100권을 읽고 토론하고 글을 씁니다. 교수가 지식과 정보를 전달하는 강의는 하지 않습니다. 학생들이 그룹을 만들어 읽고 토론하며 벼려 낸 생각을 글쓰기로 마무리합니다. 이 과정을 통해 학생들은 알아내는 능력을 키웁니다. 전공 공부를 하지 않아도 이들이 사회에 진출했을 때는 어마어마한 영향력을 발휘합니다. 남들보다 뒤늦게 전문 영역에 뛰어들지만 훨

썬 능력 있게 지식을 습득하고 원하는 목표를 이뤄 냅니다. 사회에서 세인트존스 대학 졸업생들의 능력이 확인되니 자연스레 그 학교 졸업생들을 신뢰하게 되는 것입니다.

유대인 교육의 핵심도 알아내는 능력을 기르는 데 있습니다. 하브루타 교육이 그 예입니다. 하브루타는 짝을 지어 대화하고 질문하고 토론하고 논쟁하는 공부법입니다. 기존의 지식을 있는 그대로 암기하고 흡수하는 것이 아닙니다. 질문하고 논쟁하며 자신만의 생각을 만드는 데 역량을 집중합니다. 그리고 글쓰기로 마무리합니다. 이 과정에서 알아내는 능력이 극대화됨을 일찌감치 알아차린 것입니다. 전 세계 노벨상의 약 25퍼센트를 유대인이 수상한 것이 그 증거입니다. 노벨상은 알아내는 능력이 뒷받침돼야 의미 있는 결과물을 만들어 낼 수 있는 영역이니까요.

인문학도 어쩌면 알아내는 능력을 위한 공부입니다. 그러니 암기보다 알아내는 능력을 향상하는 데 매진해야 합니다. 고전을 읽으며 의문을 던지십시오. 의문이 일어나고 의심이 생기면 질문으로 문제를 해결해야 합니다. 현명한 답은 효과적인 질문을 던져야 얻을 수 있습니다. 그리고 그룹을 지어 토론하며 다양한 생각을 접하며 자신의 주장에 논리와 체계를 더해 상대를 설득하는 능력도 향상시켜야 합니다. 무엇보다 중요한 것은 그렇게 알아낸 것들을 효과적으로 표현해 내는 거겠지요. 알아낸 것을 표현하는 능력이 바로 글쓰기입니다. 글쓰기는 4차 산업혁명 시대를 준비하고 살아가야 할 청춘들이 꼭 품어야 하는 능력입니다. 글쓰기가 곧 알아내는 능력의 마침표이기 때문입니다.

공과대학에서 글쓰기 교육을 강화한 까닭

✒ 글쓰기는 인류 문명이 시작될 때부터 지금까지 삶을 변화시키는 가장 강력한 무기였습니다. 글을 알고 잘 쓰는 사람이 자연스레 리더가 되었습니다. 인쇄혁명이 일어나기 전에는 글을 읽을 줄 아는 사람은 대부분이 특권층이었습니다. 조선 시대 양반들이 그토록 한글 창제를 반대했던 것도 이 때문입니다. 서양에서는 사제들이 대표적입니다. 그들은 성경을 자신들의 전유물로 여기며 살았습니다. 오죽하면 글을 배우고 성경을 읽을 줄 아는 사람을 잡아서 죽였겠습니까.

나라를 잃고 떠돌아다니던 유대인들이 영향력 있는 삶을 살 수 있는 비결은 또 무엇일까요? 바로 읽고 쓰기 때문입니다. 그들은 어렸을 때부터 읽고 쓰기를 배웁니다. 글자를 모르는 사람이 많을 때 계약서를 읽고 쓸 줄 알았기에 사업에서 수완을 발휘했던 것입니다. 4차 산업혁명 시대에도 여전히 글쓰기는 삶을 리드하는 가장 강력한 무기입니다. 글 잘 쓰는 사람이 리더가 되고, 앞서 갈 수 있습니다.

그런데도 많은 청춘들이 글쓰기의 중요성을 간과합니다. 체계적으로 훈련받으려고 하지 않습니다. 물론 배움의 현장인 학교에서 글쓰기 교육을 체계적으로 시키지 않은 것이 가장 큰 문제일 겁니다. 투자한 만큼 글쓰기 능력을 향상시키기 어려워 멀리

한 것도 이유입니다. 얼마만큼 노력해야 의미 있는 성과를 올릴지 몰라 도전하기 힘들어합니다. 그렇다고 나 몰라라 할 수도 없습니다. 글쓰기는 해도 되고 하지 않아도 되는 선택 사항이 아니기 때문입니다. 4차 산업혁명 시대에는 더더욱 글쓰기 가치가 중요한 덕목이 되었으니까요.

4차 산업혁명 시대가 도래하면 다양한 연구와 개발로 신제품들이 쏟아질 것입니다. 산업과 ICT(정보통신기술) 연결로 새로운 세상이 열리게 되죠. 코딩으로 무장한 청춘들이 창의적인 산물들을 만들어 낼 것입니다. 그때마다 개발자는 자신의 연구 결과로 누군가를 설득해야 합니다. 말과 글로 설득에 성공해야 부가가치를 올릴 수 있습니다. 아무리 획기적인 제품과 아이디어를 가지고 있어도 누군가를 논리적으로 설득하지 못하면 무용지물이 되고 마니까요. 그래서인지 공과대학에서 글쓰기 교육을 강화하고 있습니다. 서울 공과대학에서도 2018년, 글쓰기 교육을 한층 강화하겠다고 했습니다. 수년 전부터 글쓰기 교육의 중요성을 이야기하며 준비했지만 실제로 공과대학 학생들이 자신들이 연구한 실적을 글로 의미 있게 표현하지 못한 현실을 보았기 때문입니다.

2017년 페이스북에서는 「하버드·MIT 졸업생들의 고백」이란 포스터가 화제가 되었습니다. 하버드 대학과 매사추세츠 공과대학MIT 졸업생에게 물었습니다. "당신이 현재 하는 일 중에서 제일 중요한 것과 대학 시절 가장 도움이 된 수업이 무엇인가?"라고 말입니다. 대다수 학생들이 '글쓰기'라고 답했습니다. 이 이야기는 2017년에만 한정되는 것은 아닙니다. 수년 전 어느 다큐멘터리 채널에서 하버드 대학 학생들에게 내레이터가 "여러분의 소원은 무엇인가요?"라고 물었습니다. 세계 최고 대학 학생들이므로 인맥 관리나 경제적인 것과 관련된 답이 나올 거라 예상했죠. 그런데도 많은 학생들이 망설임 없이 "글을 잘 썼으면 좋겠어요."라고 대답했습니다.

MIT에서 글쓰기 교육에 엄청난 예산을 쏟아붓는 이유는 졸업생들 때문입니다. 공과대학을 졸업한 학생들이 사회에서 생존하는 데 가장 요구되는 능력이 글쓰기임을 깨달은 겁니다. 그래서 학교 측에 건의해서 글쓰기 교육을 강화해 달라고 조언합니다. 그 때문에 글쓰기 교육이 필수과목이 된 것입니다. 설득력 있는 사람을 만들기 위해 글쓰기 교육을 강화한 거지요. 『글쓰기의 전략』(들녘, 2005)을 펴낸 정희모, 이재성 작가는 저서에서 글쓰기의 중요성을 다음과 같이 이야기합니다.

글쓰기는 단순히 생각이나 지식을 전달하기 위한 것이 아니다. 오히려 글쓰기는 생각을 만들어 내고, 지식을 구성하는 데 중요한 역할을 담당한다. 그래서 1996년도에 노벨의학상을 받은 피터 도허티 교수나 MIT의 바바라 골도프타스 교수도 글을 잘 쓰는 사람이 사고가 명확하여 연구 성과가 뛰어나다고 단언하고 있다. 글에는 엉켜진 생각을 명료하게 정리해 주는 신비한 마력이 있다. 또 이 생각을 저 생각으로 옮기는 능청스러운 힘을 가지고 있다. 우리는 글을 쓰면서 생각을 정리하고, 글을 쓰면서 새로운 생각을 만든다. 글쓰기가 논리적 사고, 창조적 사고를 키운다는 말은 그래서 가능하다.

수십 년 전에도 글쓰기 능력이 좋은 사람이 앞서갔는데 4차 산업혁명 시대에는 더욱 중요합니다. 창의적이며 논리적인 인생은 표현 능력을 갖추어야 완성되기 때문입니다. 표현 능력이 없는 아이디어와 연구 결과는 자신만 알고 끝나기 마련이니까요.

4차 산업혁명 시대를 주도하고 있는 아마존의 창업자인 제프 베이조스 회장은 말합니다. "글쓰기가 사고력을 개발하는 데 전부다." 2018년 노벨 경제학상을 공동수상한 폴 로머 교수도 말합니다. "창의력을 키우려면 글쓰기가 중요합니다." 글쓰기는 내 생각을 표현해 나를 세상에 알리는 기술입니다. 그 기술이 뛰어날수록 꿈에 한 걸음 더 다가갈 수 있습니다. 삶을 변화시키는 강력한 무기가 되는 것입니다.

고문이 글쓰기의 시작이자 끝이다

✒️   글쓰기가 4차 산업혁명 시대를 준비하고 리드하는 능력임을 알았습니다. 그러면 어떻게 글쓰기를 준비하면 될까요. 1장부터 7장까지 왜 글을 써야 하는지 서술했으므로 앞선 이야기를 훈련하며 답을 찾으면 됩니다. 시간이 걸리더라도 차근차근 준비하며 훈련하는 것이 해답입니다. 그럼에도 이번 파트에서 글쓰기 능력을 향상시키는 한 가지 방법을 더 이야기하도록 하겠습니다. 그 해답을 다산 정약용의 글쓰기 방법에서 찾아보겠습니다.

다산 정약용은 시대의 흐름을 읽어 낸 학자였습니다. 성리학이 주를 이루던 시대에 그는 이것만으로는 백성들의 삶을 변화시킬 수 없다고 생각합니다. 당시 사람들의 생각을 읽을 수 있는 이야기를 신채호 선생님의 글에서 엿볼 수 있습니다.

우리 조선 사람은 매양 이해 이외에서 진리를 찾으려 하므로, 석가가 들어오면 조선의 석가가 되지 못하고 석가의 조선이 되며, 공자가 들어오면 조선의 공자가 되지 못하고 공자의 조선이 된다. 무슨 주의가 들어와도 조선의 주의가 되지 않고 주의의 조선이 되려 한다. 그리하여 도덕과 주의를 위하는 조선은 있고 조선을 위하는 도덕과 주의는 없다. 아! 이것이 조선의 특색이냐. 특색이라면 특색이나 노예의 특색이다. 나는 조선의 도덕과 조선의 주의를 위하여 곡하려 한다.

—최진석,『탁월한 사유의 시선』(21세기북스, 2018)에서

1925년에 《동아일보》에 연재한 「낭객의 신년만필」 중 일부입니다. 이 글에서는 조선의 역사가 고스란히 보입니다. 사대(事大)하는 나라의 신하들 생각을 읽어 낼 수 있기 때문입니다. 그런 생각은 안타깝게도 오늘까지 이어지고 있는 것 같습니다. 정약용은 사대주의에 매몰돼 있는 사고에서 실학으로 시선을 돌립니다. 성리학 대신 실학으로 무장하고 삶을 변화시켜 나간 것입니다.

다산 정약용은 글을 읽는 법부터 달랐습니다. 지식을 반복해서 습득하는 것에 초점을 맞추지 않았습니다. 반복된 독서로 암기하지도 않았죠. 시대를 거슬러 새로운 방식의 공부를 덧입힙니다. 바로 수용된 지식을 바탕 삼아 새로운 창조물을 만들어 내는 데 역량을 집중한 것입니다.

그 의미는 『다산시문집: 오학론2』에 소개하는 글로 이해할 수 있습니다. 여기에서 다산은 독서하는 사람의 다섯 가지 방법을 소개합니다. 첫째는 박학(博學)입니다. 두루 널리 배운다는 의미입니다. 둘째는 심문(審問)으로 자세히 묻는다는 뜻입니다. 셋째는 신사(愼思)로 신중하게 생각하는 것이며, 넷째는 명변(明辯)으로 명백하게 분별하는 방법입니다. 다섯째는 독행(篤行)으로 진실한 마음으로 성실하게 실천한다는 것입니다. 다산은 다섯 가지 독서 방법 중에 대다수 사람들이 박학에만 집착한다고 비판합니다. 책을 읽고 배운 것을 자랑삼아 이야기하는 데 그침을 안타까

삶의 무기가 되는 글쓰기

위합니다. 읽었으면 명백하게 분별해 삶에 직용하는 데까지 다다라야 하는데 말이지요.

정약용은 읽기뿐만 아니라 글을 쓰는 방법까지 알려 줍니다. 다양한 글 중에서도 관심을 가져야 할 장르가 따로 있다고 강조합니다.「다산이 제생에게 준 말」을 보면 그 의미를 이해할 수 있습니다.

> 글에는 많은 종류가 있다. 과문(科文)이 가장 어렵고, 이문(吏文)이 그다음이다. 고문(古文)은 쉽다. 그러나 고문의 지름길을 통해 들어가는 사람은, 이문이나 과문은 따로 애쓰지 않아도 파죽지세와 같다. 과문을 통해 들어가는 사람은 벼슬하여 관리가 되어도 공문서 작성에 모두 남의 손을 빌려야 한다. 서문(序文)이나 기문(記文), 혹은 비명(碑銘)의 글을 지어 달라는 사람이 있으면, 몇 글자 쓰지도 않아서 이미 추하고 졸렬한 형상이 다 드러나 버린다.
>
> —정민,『다산선생 지식 경영법』(김영사, 2006)에서

과문은 과거 시험을 볼 때 필요한 문장을 말합니다. 과거 시험에 합격하려면 그때도 특별한 교육을 받았습니다. 이전 학자들의 글을 인용해 격식을 갖추는 글을 배워야 쓸 수 있었으니까요. 이때도 이전의 문제를 분석해 효과적인 답안 작성을 기계적으로 익혔던 것입니다. 다음으로 어려운 글이 이문입니다. 이문은 행정에 필요한 문서입니다. 관리들이 쓰는 글이니 이 또한 쉽게 배우

고 쓸 수 없었습니다. 하지만 고문은 그리 어렵지 않습니다. 고문은 말 그대로 고전을 읽은 후 쓰는 감상문 같은 형식입니다. 좋은 책을 읽고 자신만의 생각을 벼려 내 설득력 있게 풀어낸 글입니다. 고문을 자유자재로 쓸 줄 알면 과문과 이문을 쓰는 것은 일도 아니라는 논리입니다. 다산은 자신의 두 아들에게 과문을 가르치지 않습니다. 대신 고문을 잘 쓰도록 훈련시킵니다. 그렇게 고문 쓰기를 훈련시켰더니 과문도 잘 써서 통과했다고 이야기합니다.

다산의 말에 저도 동의합니다. 학생들이 생활문을 잘 쓸 줄 알면 논설문도 잘 씁니다. 일상생활을 논리적으로 정리해 자신의 생각대로 펼쳐 내는 학생들은 논리적인 글쓰기도 강하다는 것을 현장에서 경험했습니다. 결국 글쓰기에 성공하려면 고문을 잘 쓸 줄 알아야 합니다.

글쓰기의 핵심은 자신만의 창의적인 생각을 논리적으로 표현하는 능력을 갖추는 것입니다. 창의적인 생각은 좋은 책을 읽을 때 형성됩니다. 물론 다양한 삶의 경험에서도 창의적인 생각은 형성됩니다. 그러나 경험은 제한적입니다. 그래서 독서가 필요합니다. 독서를 통해 문제가 무엇인지를 발견하고 그 문제를 해결한 대안을 제시할 수 있어야 합니다. 독서 과정에서 창의적인 생각과 지혜도 형성됩니다. 그 생각에 논리를 덧입혀 글로 표현할 수 있을 때 비로소 삶의 무기가 되는 능력이 형성됩니다.

글쓰기가 중요한 이유는 글을 쓰는 동안 사고력이 길러지기 때문입니다. 이해력은 사고력이 뒷받침돼야 가능합니다. 오늘의 삶을 직시하고 미래를 예측하는 능력도 사고력이 동반돼야 합니다. 사고력을 향상시키는 가장 좋은 도구가 바로 글쓰기입니다. 그러니 고전을 읽으며 자신만의 생각을 만들어 내고 그것을 논리적으로 표현하는 데 성공하도록 꾸준히 훈련하십시오. 그것이 글쓰기의 시작점이자 마침표입니다.

4차 산업혁명 시대를 이기는 삶의 무기는 고문 쓰기를 통해 만들어집니다. 이런 능력을 형성하고 있으면 취업하려고 여기저기 기웃거리지 않아도 됩니다. 창의적인 생각을 논리적으로 표현하는 데 성공하기만 하면 인재 사냥꾼들이 주변에 득실거릴 겁니다. 기업들도 4차 산업혁명 시대를 준비하고 승리할 인재가 필요하기 때문입니다.

4차 산업혁명 시대를 주도하고 있는 아마존 창업자인 제프 베조스도 같은 말을 전합니다. 글쓰기가 사고력을 향상시키는 데 최고의 도구라고 말입니다. 특히 고문을 바탕으로 한 글이 도움된다고 역설합니다. 그의 말을 들으며 글쓰기로 자기 능력을 향상시켜 의미 있는 청춘의 삶을 살아가길 바랍니다.

자신의 생각을 완전한 문장이나 완결된 단락으로 표현하기 위해서는 더 깊고 체계적으로 생각해야 한다. 수치나 요점을 정리한 개조식 문장보다 서술구조를 갖춘 글을 쓸 때 내용에 대해 더욱 폭넓고 깊게 생각하게 된다.